文芸社セレクション

ステイホームから逃れて

北村 柚子
KITAMURA Yuko

文芸社

目次

プロローグ

感染症の蔓延で、人と人との接触を出来るだけ避けるため、ステイホームが叫ばれて久しい。世の中は、大変な状況になったと大騒ぎをしている。学校も休校の措置がとられ、旅行をしたり、友人と会ったり、買い物に出かけたりすることは控えなければならなくなった。いや、出来なくなった。通勤さえ回避すべきこととなり、リモートワークが推奨されている。

妙子《たえこ》は、もう子育ても終わり、定年退職したところだったので、世間の人々が苦痛に感じていることを、それほどのこととは思わない。元々、外に出るのはあまり好きではないから、特に出掛けたいとも思わない。妙子にとって、ステイホームは苦痛ではなかった。

出掛けることが好きではなく、あまり旅行をしたいとも思わない。どこかに行くとなると、何となく不安を覚える、それが嫌なのである。楽しいはずの旅行に出掛けても、芯から楽しめない自分がいる。なぜか違和感を覚える。家に居ることが好きというよりも、変化が嫌いなのである。妙子は、自分はそういう人間なのだと思い込んできた。

なぜ、外に出るのが嫌になったのだろうか。家に居るのが好きなのではなく、家に居るのが当たり前だったから、家に居らざるを得なかったから、外に出たいと思わなくなったのではないか。ステイホームは子どもの頃から当然のことであって、妙子にとっては当たり前の日常なのである。他の人達にとって、自由に人と会ったり、食事に出掛けたり、旅行したりするのが、ごく普通の生活であったように。

ステイホームを強いられていた頃のことは、なかったものとして、新たな日常を積み重ねてきたと思っていたが、そうではなかった。もう何十年も前に終わったことが、いまだに自分を規制している。離れて解消出来たと思っていたが、その経験はなかったことにはならないのだと、改めて気付かされた。妙子は、外に出られなかったから、逆に出るのは特別なことであり、ステイホームは日常となり、いつしか自分に沁みついていたのだ。自分は、外に出るのは好きではない人間なのだと思い込むくらいに。

封印して葬り去ってしまったはずの出来事、忘れ去っていたはずの過去が、妙子の脳裏に次々と蘇ってきたのである。

父 一

十歳で別れた父親のことは、ほとんど覚えていない。写真もないし、もう顔も覚えていない。生年月日もわからない。ただ、母の三歳上のはずなので、生年はわかる。一緒に暮らした記憶はあまりない。元々は地元で働いていたようなのだが、妙子が物心ついた時には、県外で働き、お金を送ってくるという暮らしだったと思う。その送金も滞りがちであったらしいが。短期的に家に居たこともあったようにも思うのだが、はっきりしない。

父は、どんな人間だったのか。その人物像も思い浮かばない。酒飲みで、大量に飲酒しては暴れたり暴力を振るったりしていたという印象しかない。ギャンブルも好きでパチンコや競艇にのめり込んでいたようだ。遊園地や動物園には行った記憶はないが、パチンコ屋や競艇場には連れて行かれたことはある。外れた舟券は、皆その場で捨てるので、大量に散乱していたのを覚えている。

「妙ちゃん、あれ全部百円なんだよ」という母の言葉が記憶にあるから、母も一緒だったこともあったのだろう。まだ硬貨ではなく、百円札の時代である。

給料は酒とギャンブルにつぎ込んだらしく、家族を養うどころか、借金もあったらしい。そもそも、まともに働いていたかどうかも疑問ではある。母が言った、コウリガシという言葉が記憶に残っている。お菓子ではないみたいだけれど、と思った。高利貸し、まだサラリーマン金融などなかった時代である。母は、妙子が物心つく以前から働きに出ていた。保育所に通っていた記憶もあるが、幼稚園や小学生の頃は鍵っ子で、いつも一人で家に居た。

平穏な団欒の時間もあったのかもしれないが、覚えていない。ふと夜中に目が覚めると、両親が言い争っていたことがある。その声や物音で起こされたのだと今は思うが。咳が出そうになって、今咳をしたら自分が起きていることが知られると、必死に抑えて寝たふりをした。なぜそんな気遣いをしたのか、妙子自身にもよくわからなかったが。妙子が夫婦喧嘩に気付いていることを、両親に知らせてはならないと思ったのである。

妙子が、小学二年生の頃だったか、近所に住む姉の友達に、家の様子を聞かれたことがある。家族でどのように過ごしているのか、と。妙子は、父親が酒を飲んで暴れたりしていることは誰にも言ってはいけない、知られてはならないと思い、お父さんとトランプをしたりしている、と嘘をついてしまった。すると、その姉の友達は、両親がよく喧嘩をしている、と言って泣き出した。妙子も姉とともに遊びに行ったことがあり、その両親もよく知っていた。今さら私の家も同じ、いやもっと凄いとも言えず、困ってしまった。ありのままを伝えていたら、その子の慰めになったのか、逆に気を遣わせてしまうことになったのか。姉には尋ねたりしなかったのだろうか。四歳も年下の妙子だから言えたのだろうか。

父親は、酒乱気味だったのか、酔った勢いで妻に対して暴力も振るった。子ども達、妙子や四歳上の姉は、殴られた記憶はない。だが、そんな両親の姿を見るのは嫌だったし、母を守りたい気持ちは持っていた。ある時、どういう状況でそうなったのかはあやふやなのだが、母親をかばって何かたてついたのか、向こう見ずな妙子の言動に父が逆上したのか、部屋の中で頭におしっこをかけられたことがある。髪の毛にかかった感じを、ぼんやりと覚えている。その後の記憶は全くないのだが、母はどのように始末したのだろうか。

妙子が生まれたのは、有名な寺の近くの一軒家だったらしいが、その家の記憶はほとんどない。一つだけ覚えているのは、朝起きた時だったのか、昼寝から目覚めた時だったか、畳の部屋にある三輪車を見つけ、妙子は、自分のだと思って乗ってみた。それは生まれた時の家だったと思う。あとは、間取りも外観も全く記憶にない。気付いたら借家に引っ越していた。それも一軒目は、あまり覚えていない。幼稚園の頃に住み始めたであろう借家のことは、そこでの様々な出来事も含めてよく覚えている。

妙子は長い間、生家は父親が売り払ってしまったか、借金のかたに取られてしまったのだと思い込んでいた。これは、後年の母の話によると、父は親戚でもない近所の人の連帯保証人になっていて、それが原因で、家を手放すことになったらしい。父親は、判子をついた覚えはないのだがなあ、と言っていたそうだ。このことが、その後の父の人生に影響を及ぼしたのかもしれない。全く記憶にないけれど、その近所の人は、姉と妙子をとても可愛がってくれていたそうだ。

父は暴力も振るうけれど、陰湿な性格でもあったのか、思いもかけない、嫌がらせのようなこともしでかした。ある時は、腹いせにか見せしめのためか、アルバムから写真をすべて引き剥がし、細かく破いてしまったのである。一枚の写真を一、二回破いただけなら、テープで貼り合わせることも可能であろうが、父は修復不可能なくらいに細かく引き裂いてしまった。妙子は、この場面を見ていたような記憶もある。

人の幼い頃の思い出は、本当に覚えていることなのだろうか。自分の子どもの時の写真や家族写真を見て、この時は、こういう状況でこんなことがあって、ということを両親や祖父母、親類から聞かされているうちに、自分の記憶になってしまうことがあるのではないだろうか。妙子に断片的な記憶しかないのは。そのような経験がないからかもしれない。妙子の幼い頃の写真は残っていないのである。写真はあっても、父母から思い出話を聞かされるような日々ではなかったとも言えるが。

そのアルバムには、両親の婚礼写真も収められていた。集合写真もあったように思う。その他の写真は、ほぼ記憶にないが、妙子の生まれた頃とか、幼い頃の写真もあったと思うのだが、二度と見ることは出来ない。ただわかるのは、両親の結婚直後や妙子の生まれた頃は、写真を撮ってアルバムに貼るという、ごく普通の日常もあったということである。父は、いったい、いつから、あんなふうになってしまったのだろうか。妙子の写真で残っているのは、保育所とか幼稚園での行事の時のものだけであった。受け取った時の紙袋に入っていたのは、母には、アルバムに整理するような余裕はなかったのだと思う。

父は、母の外出着のスーツなどを、鋏で切り裂いてしまったこともある。お返しにとばかりに、妙子は、父のズボンを破いた記憶がある。父のように生地に鋏を入れることはできず、後で修復可能なように、裾のまつりの部分を切り取っただけであるが。母が、後で直せるようにしてある、と言ったのを覚えている。父は土足で部屋に上がってきて、布団を踏み荒らしていったこともあったと思う。

夫婦喧嘩でよほど耐えられなかったのか、母は、妙子達を連れて実家に逃げていったこともある。夜だったと思う。母の実家まではバスに乗って三十分程かかる距離にあった。停留所でずいぶん待って、ちょうどバスが来た頃、父が停留所までやって来た。迎えにきたのかどうか、両親の間でどんなやりとりがあったのか、妙子達は、そのままバスに乗り込んだ。妙子が覚えているのは、バスに乗った時に見た、扉の向こうの父の姿である。

妙子が小学四年生の秋、両親の離婚が成立した。その直前だったか、もう少し前だったか、親戚や知り合いが妙子の家に集まって、話し合いのような場が持たれた。当然、父も参加していた。出前か何か取ったりして、和やかな雰囲気であった。妙子は、ほっと安心して、もうこれで何もかもうまくいくのだと思った。だが、現実はそう甘くはなかった。結果的に、話し合いは不調に終わったらしい。考えてみれば、夫婦の問題を周囲が話し合って解決出来るはずもないのである。

その時のことを、後で母から聞いた覚えがある。もちろん、誰かに話しているのが耳に入ってきたのである。当日、父は、お腹の所に出刃包丁を隠し持っていたというのである。

父はいったいどういうつもりでいたのか。単なる脅しに使おうとしたのだろうか。誰かを狙っていたのか。それは、やはり母ということになるのだろうか。

自暴自棄になって、母を刺し自分も死のうとしたのだろうか。時代は高度経済成長期で、仕事はいくらでも見つけられたのではないかと思う。だが、父の抱えている問題は、もっと違ったものだったのか。単に怠け者だったのか。その資質や性格的なことに理由を求めるべきなのか。

両親が離婚する少し前の夏休み頃から、父から逃れるためだったのか、理由はよくわからなかったが、妙子達は母の実家で暮らしていた。妙子の小学校では、四年生から鼓笛隊に入ることが出来、運動会で演奏を披露していた。妙子も参加していたのだが、途中から母の実家に行ったので、夏休み中の練習に行けなくなった。登校日に担当の先生に、練習に来なさいと言われたが、妙子にはどうする術もない。母は、細かいことを学校に連絡するような人ではなかった。当時は、学校と家庭の連携など今ほど密ではなかった。ある時は、友達と登校途中の妙子を追いかけてきて妙子を連れ戻し、「これから近県の都市に行くから先生に伝えて」とその友達に言づけたことがある。その子が、間違って担任の先生に伝えたため、妙子は東京に行ったことになっていた。担任の先生には、きちんと連絡しなさい、と言われたが、それは母に言ってほしいと思った。この時は親類の所に行ったと思うのだが、母は父と会って話をしたのかもしれない。

二学期になり、小学校まで歩いて行ける距離ではなかったので、バスで通っていた。ある日、中学校に自転車で通っていた姉は、夜になっても帰ってこなかった。父に待ち伏せされて連れ去られてしまったのである。まだ離婚が成立する前だった。子育てする気などなかったはずだが、母に対する嫌がらせだったのか。父親の叔父にあたる人が県外の都市にいて、どうやらそこに連れて行かれたらしいのだが、結局姉は父親に引き取られることになった。母は連れ戻しに行ったのだと思う。それは、突然通学途中の妙子を強引に連れて県外に行った時だったのかもしれない。姉は、都会での暮らしに憧れたのか、妙子達の所へ帰ってこなかった。母は姉を非難するように、似合わない服を着せられていたと妙子に話した。

妙子は、姉はバカだと思った。あんな父親と一緒では、ろくなことはないはずだと子ども心に思ったのをよく覚えている。父と母のどちらにつくべきか、火を見るよりも明らかである。初めから勝負はついていると思っていた。ほとんど会ったこともない、父の叔父の所で、とても暮らしていけるとは思えなかった。母の下にいれば、実家に祖母や母の弟もいるし、何とか助けてくれるのではないかと思った。この時の妙子には、この判断が正しかったのかどうか、という状況になるとは全く想像もつかなかった。

案の定、一年後に姉は帰ってくることになった。中学二年の秋に県外に転校し、三年生の夏休みに一度帰ってきて、親しい友人達に会ったら、もう都会に戻るのは嫌になったらしい。再び元の中学校に転校し、地元で暮らすことになった。当然父とのやりとりもあったはずだが、詳しい経緯は知らない。姉は、妙子や母と一緒に暮らすことはなく、妙子達のアパートの近くの一軒家の離れを借り、高校を卒業するまで住んでいた。時々妙子達の所にも来たが、一緒に晩ご飯を食べるようなことはなかった。母はよく調理したものを届けていた。姉は、転校の影響か、成績は極端に下がり、実業高校に進学してその後就職した。本来入学出来たであろう高校に進んでいれば、姉の人生もまた変わっていたかもしれない。

両親が離婚しても、元々父親はほとんど家に居なかったので、生活にそれほどの変化を感じなかった。大きな変化は、名字が母の旧姓に変わったことである。近所の仲のよい友達のお母さんに、「どうして名字が変わったのか」と聞かれた。理由はわかっていたはずで、子どもながらに、わざわざ本人に聞くなんて、どういうつもりなんだろう、と思って答えなかった。両親が離婚したということを、あえて妙子に言わせたかったのだろうか。

もうひとつ、姓が変わったことで忘れられないのは、明日からは春休みという、小学四年生の最後の日のことである。日程はすべて終わり、帰りの挨拶で「起立」の号令がかかった時、担任の先生が、もう一度クラスの全員を座らせ、妙子の姓が変わったことを伝えたのである。言い忘れていたというのではないと思う。先生も、言うか言うまいか悩んでいたのであろうか。妙子としては、もう少しさらりと言ってほしかった。常にある言葉を掲げて、妙子達児童を導いてくれた、すばらしい先生であった。妙子は、今もその言葉を覚えている。

五年生になり、クラス委員の選挙で、四年生の時に同じクラスだった子は、新しい名字を書き、別のクラスだった子は、元の名字で投票していた。そして、困ったことに新しい名字は、新クラスに同姓の子がいたので、少しややこしいことになってしまった。そのことで、姓が変わったことを強調することになってしまったのも、少し苦い思い出である。

両親が離婚したことに、妙子は正直なところ、ほっとしていた。酒癖が悪く暴力的で妻子を扶養もしない父親に、もう悩まされずにすむと思った。離婚後も、元の借家で暮らしていたのだが、ある夜、別れたはずの父が家にやって来た。今さら何なの、と思ったが、勝手に上がり込んできて、母の作った梅酒をゴクゴク飲んで、母にからんできた。どういういきさつになったのか、どんなことを言っていたのかわからないが、逆上した父は突然両手で母の首を絞めるという行為に及ぶ。妙子は大声で母を呼び、叫んだ。すると、今度は妙子に手がのびてきた。首を絞める真似だったようにも思う。死ぬとは思わなかった。殺意のようなものは感じなかった。慌てて、妙子が喚きだしたのを阻止したかったのではないかと思う。

今の感覚で言えば、明らかに殺人未遂だと思うのだが、警察を呼んだりはしなかった。妙子は特に何ともなかったが、母は、借家の隣の大家さん宅から誰かに電話をしたのだが、相手が不審に思うほど声を出せなくなっていた。もしかしたら、母と妙子は、この時父に殺されていたのかもしれない。これ以外にも、母と父とのやりとりから、父が妙子に何か薬を飲ませたか、飲ませようとしたことがあったらしいことも覚えている。睡眠薬か何かだったのだろうか。母に、眠くならなかったか、と聞かれた。妙子自身は、何か異変を感じたという記憶はない。

このことがきっかけで、その後引っ越しをしたのだと思う。母の実家とは反対の方角にある町に住むことになった。妙子は、元の大家さんの家で母の仕事が終わるまで待ち、一緒にバスに乗って帰った。母は親しい人に聞かれても、実家で暮らしていると嘘をつくのが妙子は嫌だった。毎日、逆方向のバスに乗っているのである。知り合いに会って聞かれたら、買い物に行くのだと言っていた。当時はわからなかったが、父に居場所を知られないための自衛策だったのかもしれない。

アパートに引っ越した直後だったのか、一年後の姉が帰っていた頃だったのか、覚えていないが、一度だけ、父に会ったことがある。父が会いに来たのだと思う。アパートではなく、近くのスーパーの前で、確か夜の八時か九時頃に。

当時のスーパーの閉店は早かったので、他に誰も居なかった。薄暗い水銀灯の下で、何を言われたのかは覚えていないのだが、なんと父は妙子の写真を撮ったのである。妙子の後方で母が後ろ向きに写っていた写真があったのを覚えている。ポラロイドでなかったはずだから、あの写真はどのような経緯で渡されたのだろう。妙子は、暗い表情で写っていた。酷い仕打ちをされた父に、にっこり出来るはずもなかった。父は、アルバムの写真を破いたことなど頭になかったのだろうか。それとも、酔った勢いに任せてやってしまったことは覚えていなかったのか。

父は、いったいどういう人間だったのだろうか。案外気の小さい、酒を飲まないと言いたいことも言えない人間だったのかもしれない。酔って妻に当たるしか気を紛らすことの出来ない、弱い人間だったのかもしれない。戦前の教育を受け、太平洋戦争終戦時は、十四、五歳のはずであるから、何か鬱屈したものがあったのかもしれない。あるいは、父自身の両親や祖父母との関わりに何か問題があったのか。こんなことを思えるようになったのも、妙子が年を重ねて、父の享年を越えてしまったからであろう。

写真の一件以来、父には一度も会っていない。二十年余り後、父は六十歳くらいで亡くなった。姉のもとに連絡があり、姉夫婦が荼毘に付し、元の家の近くにあった墓に納めたとのことである。姉も特に父と行き来はしていなかったはずである。結婚の報告はしており、一度婚家に父が訪ねて来たことはあるらしかったが、もしかしたら、お金をせびりに行ったのかもしれない。病死なのか事故死なのか、詳しいことは知らない。妙子には何の感情も湧いてこなかった。ああ、そうなんだ、と思っただけである。親の死を何とも思わないとは、なんと冷酷な人間なのかとも思うが、その死を悼めるような親であってほしかったと思うのは、贅沢なことなのだろうか。

父　二

両親の離婚は、子どもにとっては辛く悲しい出来事だと思う。だが、ほっとしていた妙子は、何の違和感もなく受けとめた。もう、父に怯えたり、苦しめられたりすることもないのである。少し離れた町にある、狭いアパートに引っ越しした。貧しいながらも母と二人の生活が始まるのだと思ったが、そうではなかった。ある男性が、最初の頃は遠慮がちに、そのうちに当然のように出入りするようになった。母は妙子に、お父さんと呼びなさいと要求した。両親の離婚にほっとする子どもも少し変だが、強引に次の父親を連れてくる母親も同様だと思う。訳がわからないまま、妙子は新しい生活を受け入れざるを得なかった。母親しか頼る人のいない妙子に選択の余地はなかった。

母は再婚したわけではなく、その人には別に家庭があった。きちんとした家もあって妻もいた。二人の間に子どもはなく、遠縁の夫婦を養子にしていたらしい。その夫婦に子どもがいたので、その人には孫もいたことになる。母よりも十歳くらい年上であった。ずっと妙子達と居るのではなく、時々帰ってこない日もあった。妻の居る家でも生活していたのである。

その人は、酒乱気味だった実の父とは違って、酒は全く飲まないというか飲めず、身体的な暴力は振るわないが、一種異様な性格の持ち主であった。外面がよく、一見温厚な人物に見えるのだが、母や妙子を支配し、束縛した。自分の思い通りに事が運ばないと気のすまないところがあり、母子の言動にもそれを要求した。もちろん、最初から高圧的に接してきたわけではないが、しだいに陰険で粘着質な面を見せるようになっていた。

何の予備知識もなく、どのような人かわからないまま、突然父親だと言われて、すんなりと受け入れられるものだろうか。赤ん坊の頃なら、いざ知らず。それなのに、よそよそしい態度が、気に入らないと言うのである。最初から、俺を好きになれと言わんばかりの言動に、妙子は違和感を抱いていたと思う。最初の頃、「俺を敬遠した」とか「敬遠するのか」とよく言われた。ケイエン？　十歳の妙子には、意味がよくわからなかった。何度も、さも重大なことのように聞かされているうちに、理解出来るようになり、そう言われないように努めた。

一緒に暮らすようになって、まだ間もない頃だったろうか、その人が「妙子は、俺と一緒に居るより、実のお父さんとまた暮らしたいだろう？　俺がお母さんに言ってあげるから。その方が良いだろう？」と優しくしんみりと言ってきた。その人自身も、それが良いと思っているかのように。しおらしい様子で写真を撮っていた実父に会ったばかりだった妙子は、誘導尋問のような言葉にうなずいた。

大人の言動が微妙にずれていくことがあるのを、妙子は幼い頃から気付いていた。実父の数少ない親類に父の叔父がいて、県外の都市に住んでいた。父の叔父だが、妙子達も「おじさん」と呼んでいた。そのおじさんのことで覚えていることが、ひとつだけある。おじさんの家に家族で行った時に、妙子一人が、おじさんと一緒に出掛けたことがあった。散歩だったのか、買い物だったのか、別の用事だったのか、おじさんは、「妙子バナナ欲しいか？　食べるか？」と言う。特に欲しいと思ったわけではないが、おじさんが食べさせたいと思っているらしいので、うなずいた。

　当時は今と違って、バナナは高級な果物だったと思う。妙子が小学生の時、給食のデザートにバナナがつくことがあったが、一人一本ではなく、半分だった。皆（妙子だけかも）、斜めに切った半本のどちらが大きいか比べたものである。バナナを買ってくれるなら食べたいけれど、妙子から積極的に欲しいと言ったわけではなかった。だから、バナナを求めて、あちこち歩き回って遅く帰り着いた時、「妙子がバナナ欲しいと言ったから」と妻に言い訳したことに驚いたし、大人ってずるいな、自分が言い出したのに妙子のせいにしていると思った。でも、「おじさん」には、久しぶりに（かどうか、おじさんとの記憶はその時だけなのであるが）会った甥の娘に、美味しいバナナを食べさせたいという善意があったと思う。結局バナナは買えなかったと記憶しているが。

　だが、義理の父には悪意しかなかった。その後、とんでもない事態となる。彼は、手のひらを返したように、もの凄い剣幕で、妙子が元の父親と暮らしたいと馬鹿げたことを言っている、と母を怒鳴りつけたのである。母からも一方的に責められた。妙子は、自分が言い出したことではないのに、と理不尽さに納得がいかなかった。妙子を試そうとするような義理の父の言葉は、狡猾な感じがした。

同様のことは、何度もあったと思う。優しく穏やかに話しかけて誘導し、本音を引き出してから、それをあってはならないと全否定して責めるのである。もっとも、その時の妙子は、自分の失敗だ、あの実父と再び一緒に生活するなんてあり得ないことだったのに、と反省した。と同時に、今後は自分の言動に気を付けなければ、と思った。

最初の頃は、どういうところが義理の父の逆鱗に触れるのかよくわからず、地雷を踏むように同様のことで何度も苦しんだ。しだいに言葉を発する時は、これを言ったら機嫌を損ねるかな、こう言ったら大丈夫かな、と一度考えてから話すようになった。

思わぬところで義理の父の怒りを買うこともあった。ことわざの話をしていたのか、妙子が冗談半分に、「憎まれっ子世に憚るっていうから、お父さんは長生きするね」というようなことを言ったのだと思う。この解釈は間違ってはいるのだが。すると、突然スイッチが入って、それまで談笑していたのに、

「俺は憎まれるような人間なのか」「俺のことを憎らしいと言った」と異様に怒り出した。「いいえ、そんなつもりで言ったのではない、ごめんなさい」と何度謝っても怒りは収まらない。くどくどネチネチといつまでもエンドレスに繰り返す。

一度そういう状態になると、夜遅くまで文句を言い続け、なかなか寝かせてもらえない。もう終わったと思っていても、次の日の夜に、また同じ話を蒸し返すのである。いったん機嫌を損ねると、一週間でも二週間でも、自分の気が収まるまでいつまでも繰り返す。妙子や母が、何日も何日も卑屈なくらいに謝って謝って謝り倒して、やっと機嫌を直すのである。そんなことを何度も何度も繰り返した。

義理の父は自営業だったので、春休みや夏休みなどで妙子が家に居る時、昼間でも家に立ち寄ることもあった。一緒に暮らすようになって間もない頃、友人が二、三人遊びに来ていたことがあった。その時に帰ってきた義理の父は、何と狭い部屋で横になって寝転ぶのである。仮にも娘の友達が来ている時にとる態度ではないと思う。友人達も変に思ったはずだ。妙子は義理の父に、「仕事に戻ってほしい」と言ったと思う。その日の夜が大変だった。「妙子が俺に帰れと言った」と怒りだし、また延々とお説教が続いた。友人がいたから、そう言わざるを得なかった妙子の心情は知ったことではない。とにかく、自分の意に添わない言動が許せないのである。こういう気持ちにさせたのはお前だから、俺の気分がよくなるように努めろ、ということだろうか。

暴力は振るわなかったが、陰湿な嫌がらせをすることはあった。何かで腹を立てた翌朝、買ったばかりのレコードが割られていた。今もその曲名は覚えている。その頃のヒット曲だったけれど、大好きな歌手ではなかったので、まあいいかと自分を慰めた。最初のアパートにはなかったが、その後移った隣の部屋には電話があった。元々大家さんが住んでいた少し広い部屋だった。ある時、何かで妙子が意に反するようなことを言って、その人の機嫌を損ねたのだと思う。電話のコネクターか何かを操作して通話出来ないようにされたこともある。気の滅入るような仕打ちであった。

人のことをあれこれ詮索するのも得意とするところであった。妙子の持ち物を、勝手に見たりもしていたようである。ある時、ＯＫと書いた紙片を見つけ、これは誰と何をして、こんなものを持っているのか、と凄い剣幕であった。小学生がクラスメートと手紙のやりとりをするのは、よくあることだと思う。妙子も覚えていないくらいの、ちょっとした、連絡と言っても信じない。

　何かで冷戦状態になって、重苦しい空気になっていた時だったと思う。ずっと以前の、どこかに紛れ込んでいた姉の日記のようなものを見つけ、それまで、小言を言って険悪なムードだったのに、「これ見てみ！　お姉ちゃん、こんなこと書いてある！」と、子どもが何か特別なものを発見したかのように、嬉し気に話しかけてきた。ばつが悪くはないのか、今までの怒りは、どこへいったのか。人の秘密のようなものを暴くのも好きな人であった。

　冗談のつもりで言っても、通じない時がある。些細な、ほんのちょっとしたことでも気分を害すると、小言が果てしなく続く。建設的な意見なら、では今度からそうしよう、と思えるのであるが、自分の気に入らないこと、意に反することは、すべて駄目なのであるから対処のしようがない。正しいかどうかではなく、気に入るか入らないかなのである。

　テレビ番組をめぐって言い争いになったこともある。有名な洋画の放映を妙子は見たかったのだが、裏番組の時代劇がたまたま義理の父の知り合いの旧家で撮影された部分があるらしく、それを見ると言う。この時は、どうしても映画を見たかった妙子が、譲らなかった。隠れて何かするわけではないのだから、許してくれてもいいと思ったのである。でも、傍に居て、嫌味を聞きながらその放映を見ても、少しも楽しめなかった。そして、一、二週間は、その洋画のタイトルで皮肉られた。

日々平和に暮らすには、その人の機嫌を損ねてはならないのである。思ったことをすぐ口にしてはいけない、と考えるようになった。妙子は、学校から帰る時、「さあ第二ラウンドが始まる、ここで気を緩めてはいけない」と自分に言い聞かせていたことを覚えている。常に一種の緊張を強いられる家は、妙子にとって甘えて気の許せる場所ではなかった。

義理の父は、母や妙子を支配し束縛し、自由な行動をとることも許さなかった。自分の思い通りに行動することを要求した。こうしろ、ああしろと言うわけではなく、意に添わないと、不機嫌になり、別のことで細かい点をついて難癖をつけたりするのである。一人で買い物に行くとか、友達と出掛けるとか、自由に出来る雰囲気ではなかった。義理の父の目を盗んで出掛けたにしても落ち着かず、帰り着くまで気付かれていないかハラハラした。それなら、いっそずっと家に居る方が、精神衛生上よかった。妙子の日常は、ステイホームであった。

そんな生活の中で、時々姉夫婦が我が家にやって来ることがあった。子どもが生まれてからは連れてきたので、幼い甥に会えるのも楽しみだったし、単調な日常に新鮮な空気が入ってくるようで嬉しかった。だが、そんな時もあまり楽しそうにしていてもいけないのである。最初のうちは、姉夫婦が帰った後、なぜ義理の父が不機嫌になるのかわからなかったが、妙子や母が楽しそうに過ごしているのが気に入らないのである。では、俺といる時は楽しくないのか、となるのである。それに気付いてからは、内心はどうであっても、表面上は出来るだけ普通にふるまうよう心掛けた。母は、おそらく気付いていなかったと思うが、妙子の態度だけで十分であった。

そもそも、県外に就職していた姉を結婚させたのは、母と叔母であった。当時は、女は年頃になったら、結婚というか嫁に行くものだ、という考えが母達世代にはあったようだ。自分が失敗していることを母はどう思っていたのだろう。姉は、父の戸籍に入っていたから、結婚が決まってから、二人で了承を得るために挨拶にだけは行ったらしい。結婚式には呼ばないので、姉の父親はいない、としていたようである。

ところが、義理の父が、式に出ると言い出し、強引に父親面をして出席したのである。母は、姉に「長い間お世話になりました」と茶番のような挨拶をさせた。何もかも、義理の父の機嫌を取るためである。が、婚家先の親類から「お父さんはいないと聞いていたけれど」と言われ、叔母達は何とも答えられず、顔を見合わせるばかりであった。高校生だった妙子は、適当に言いつくろえばいいのに、と思ったものである。

その姉夫婦が妙子達の所から帰った後は、義理の父は必ずと言っていいほど義兄の悪口を言った。あの態度は、俺をないがしろにしている、と言うのである。甥の可愛さに接したり、いつもと違った過ごし方が出来て楽しかった半面、その後の聞くに堪えない罵詈雑言は本当に嫌だった。後年、姉に聞いたところによると、義兄も我が家からの帰りの車の中で、いつも義理の父を非難していたそうで、その悪意を感じていたようである。

義理の父は、吝嗇《りんしょく》でもあった。母にお金を渡す時も、必ず「早や無くなったのか」と出し惜しみをした。また、半年ごとに仕事の台帳を持ち帰って、妙子に請求書を書かせた。こんな子どもっぽい文字でいいのかな、と思いながら記入したものだ。税金の申告書なども、計算だけ税理士にしてもらったのか、正式な書類に清書させられた。夜には、集金にもよく連れていかれた。ただ車の中で待っているだけなのだが、妙子を家で自由にさせたくなかったのか。時には一時間以上も待たされたりした。今から思えば本当に理不尽なことだらけであった。

妙子の洋服も、外出着などは問屋のような店に行って、自分も確認して安く買うのである。自分でいろんな店に行って自由に選びたい、などとは言い出せなかった。ある時、妙子があれもこれもほしいと、何着も買ったことがあった。店の人の手前反対することも出来ず、予想外の出費に気が動転したのか、帰りの車をサイドブレーキを掛けたまま走らせてしまい、それも妙子のせいにされた。

牛乳配達のバイクが飛び出してきて接触し車に傷がついたとかで、その場で集金していたお金を何千円か取り上げたということもあった。普通は、大したことなくてよかったと、和解するところではないだろうか。義理の父が難癖をつけたに違いないのであるが、そのことを得意気に話すのである。妙子は、その配達員が気の毒であった。

また、自転車で職場から帰っていた母が、バイクとぶつかって腕を骨折したことがあった。母は右側通行していたので、それほど強くは出られないと思うのだが、入院したのでもないのに見舞いに来ないと、これまた難癖をつけ、大して給料を貰っていたわけでもないのに、休業補償を出せと凄んだ。相手側は、父のことを調べたらしく、「お父さんと言ってるけど、本当のお父さんではないんですね」と言われたのも嫌だった。

妙子の視力が落ちて眼鏡が必要になった時、眼科で診てもらうこともなく、胡散臭い眼鏡屋に連れて行かれた。その時作った眼鏡は、右は度が合っていなかった。妙子は、視力が左右で極端に差があるのは、最初の眼鏡のせいだと思っている。そもそも視力が落ちたのは、テレビのある部屋の蛍光灯の下で勉強することを強いられたからだと思う。たまに、勉強机のスタンドの下で文字を見ると、こんなに見やすいのかと驚くほどであった。ともかく、出来るだけ金は出したくない、安くあげるという方針であった。

妙子は、夜も一緒に居るのが当たり前のような日々を過ごしていた。食事の後、冬なら炬燵に入ってテレビを見ながら寝るまで同じ部屋で過ごす。一緒に暮らし始めた小学生の頃の習慣がずっと続いた。高校時代、テスト期間中は部屋で勉強させてくれたが。膝枕をしてあげて、白髪を抜いたり耳掃除をしてあげたりもした。本来なら母の役割だと思うが、妙子が世話をやくのを好み、そうした方が機嫌が良いので、いつしか習慣化していた。ただ、耳掃除など少しでも強くすると、痛いと言って大変なことになるので、細心の注意が必要ではあった。

内心は嫌いだったが、それを包み隠して日々平穏に暮らせるように努めた。妙子が自分の感情を押し殺して表面上は義理の父を慕っているように過ごしていたのを感付いてはいなかったのだろうか。本心から、父と慕っていると思っていたのだろうか。

当時は、そんなことに考えは及ばなかったが、義理の父は、妻の居る本当の家では、どのように過ごしていたのか。妻や他の家族も支配していたのだろうか。別の女性と暮らすという勝手なことをしている手前、妻には頭が上がらなかったのだろうか。妻には遠慮がちに接しているから、妙子達の所では、暴君のようにふるまっていたのかもしれない。

妙子も、いつまでも子どもではない。高校生、大学生となってくると、やはり自分の生活が欲しい。もう大学生になっていたと思う。妙子は、町の中心部の繁華街に一人で出掛けたことがあった。洋服とか小物をゆっくり選んで買い物をしたかったのだ。たぶん、その留守に家に寄ったのだと思う。時々、監視するかのように仕事中通りがかりに家に帰って来ることがあったのである。夜に帰ってきて、さりげなく「今日は何をしていたのか」と尋ねてくる。母と口裏を合わせて取り繕っているのがわかっていても、一からじっくりと聞いて、だんだん問い詰めるのである。そして、お決まりのパターンとなる。妙子は、もうウンザリしていた。

高校三年生の進路を決める担任の先生との保護者面談に、なぜか義理の父が

郵便はがき

料金受取人払郵便

新宿局承認

2523

差出有効期間
2025年3月
31日まで
（切手不要）

160-8791

141

東京都新宿区新宿1－10－1

(株)文芸社

愛読者カード係 行

お名前《ふりがな》		明治 大正 昭和 平成 年生 歳		
ご住所《ふりがな》	□□□-□□□□		性別 男・女	
お電話番号	（書籍ご注文の際に必要です）	ご職業		
E-mail				
ご購読雑誌（複数可）		ご購読新聞 新聞		

最近読んでおもしろかった本や今後、とりあげてほしいテーマをお教えください。

ご自分の研究成果や経験、お考え等を出版してみたいというお気持ちはありますか。

ある　　ない　　内容・テーマ（　　　　　　　　　　）

現在完成した作品をお持ちですか。

ある　　ない　　ジャンル・原稿量（　　　　　　　　　　）

書　名			
お買上 書　店	都道　　　市区 府県　　　郡	書店名	書店
		ご購入日	年　　月　　日

本書をどこでお知りになりましたか?
1.書店店頭　2.知人にすすめられて　3.インターネット(サイト名　　　)
4.DMハガキ　5.広告、記事を見て(新聞、雑誌名　　　)

上の質問に関連して、ご購入の決め手となったのは?
1.タイトル　2.著者　3.内容　4.カバーデザイン　5.帯
その他ご自由にお書きください。
(　　　)

本書についてのご意見、ご感想をお聞かせください。
①内容について

②カバー、タイトル、帯について

弊社Webサイトからもご意見、ご感想をお寄せいただけます。

ご協力ありがとうございました。
※お寄せいただいたご意見、ご感想は新聞広告等で匿名にて使わせていただくことがあります。
※お客様の個人情報は、小社からの連絡のみに使用します。社外に提供することは一切ありません。

■書籍のご注文は、お近くの書店または、ブックサービス(☎0120-29-9625)、セブンネットショッピング(http://7net.omni7.jp/)にお申し込み下さい。

やって来た。妙子は、学校に提出した書類には、家族として母親しか記入していないのに、先生が変に思わないか、とても気になった。あれは、担任の先生が県外への進学を薦めるようであれば、阻止しようと思っていたのかもしれない。その頃は、女子は地元の大学に進学するのが当たり前という時代で、妙子の周りでは都会の大学に進学する女子生徒は少なかった。無事合格し地元の大学に進んだが、相変わらず家と大学との往復のみの毎日であった。妙子はアルバイトもしたことがない。させてもらえなかった、というのは正確ではない。したいと言い出せるような雰囲気ではなかった。ごく普通の大学生のようでありながら、実情は全く違っていた。

成人し社会人となっても、義理の父との関係は変わらなかった。妙子は僅かな給料も、そっくり父に渡していた。そうするのが当然という態度なので、仕方がなかった。何につけても、父と一緒にいる限り、嫌と言ったり拒否したりする権利は、妙子にはなかった。彼が機嫌よく過ごせるように、日夜努める義務はあったとしても。

悪夢のような生活を解消することが出来た時には、妙子はもう二十五歳になっていた。ある日、妙子は職場に着ていく洋服がほしくて、買い物に出掛けた。それが義理の父の知るところとなり、お決まりのくどくどネチネチが始まった。妙子は、もう謝らなかった。同じようなことは何度かあっても我慢して抑えてきたけれど、もう金輪際繰り返したくないと思った。初めて、義理の父を、面と向かって拒絶した。妙子からすれば、長年抑え込んできたマグマを一気に噴出させたのであるが、父からすれば青天の霹靂《へきれき》であっただろう。

具体的な経緯は、おぼろげで、あまり記憶に残っていない。あまり交流のなかったアパートの管理人や母の勤め先の人、姉夫婦など周囲のいろいろな人を巻き込んで、三カ月くらい揉め続けた。姉夫婦は、義理の父の家にまで行ってくれたらしい。そこで、あまりにも酷いことを言われ、姉が義理の父の頬をひっぱたいた、ということも聞いた。妙子のことについてではなかったかと思う。そして、遂に義理の父の支配から逃れることが出来た。その間には、買い与えられていた車を取り上げられ、住んでいたアパートにも住めないようにされたのであるが、そんなことは束縛されることに較べたら何でもなかった。

自分で見つけた部屋に引っ越し、母と二人の新しい生活を始めた。本当は、十五年前にそうしたかったのだが、妙子は小学四年生の子どもであった。誰にも頼らず一人で生きていくことは出来なかった。しかし、もう大人である。仕事もしている。心の底から嬉しかった。もう誰も妙子の行動を規制する者はいない。妙子は自由である。が、その時の妙子には、それまでの生活が自分にいかに大きな影響を及ぼしているか知る由もなかった。また、後に母との間で葛藤に苦しむことになるとは思ってもみなかった。

義理の父は、別れた後一度だけ電話を掛けてきたことがある。会いたいというようなことを言われたが、きっぱりと断った。話し合いで揉めている最中、義理の父は、ろくに風呂にも入っていないようで、少し哀れな感じであったが、元に戻ることはあり得なかった。将来必要ならお金を工面してもいいけれど、絶対に一緒には生活したくない、と思っていた。その後、一度も会うこともなく、全く関わりなく生きてこられた。

義理の父の死も、別れてから二十年ほど経った頃であった。地方新聞の訃報欄に掲載されていた名前と住所からして間違いないと思った。実父の死を知った時と同じように、特に感慨はなかった。強いて言えば、日々の忙しさに紛れて、すっかり忘れていた人のことを思い出したような感覚だろうか。その時は考えもしなかったが、あの後どのように生きたのだろうか。妙子達にしたように、家族に対しても支配的に生活したのか、それとも、長年別宅と行き来していたのに、今さらという感じで相手にされない後半生だったのか。あるいは、長年育ててきたのに、一人前になった義理の娘に愛想をつかされた、と憐れまれたのだろうか。

妙子は、二人の父親について、酒乱気味でギャンブル好きの上に暴力を振るう実父と、酒は一滴も飲めず暴力も振るわない義理の父は、真逆のように思っていたが、そうではなかった。実父とは違って、義理の父は手を挙げこそしないけれど、極端に支配し束縛することで妙子と母を虐待したと言えるのではないか。結局、同じように自分を律しきれない弱い人間だったのかもしれない。

そして、子育てをしたことのない義理の父は、十歳の妙子を0歳の赤ん坊と同様に捉えていたのかもしれない。赤ん坊なら、まだ自分の考えもないし、思うように扱うことが出来る。妙子に対して、面倒をみてやる代わりに、自分の思った通りに行動しろ、生きろ、という考えだったのかもしれない。そんなふうに一から育てられた子どもがいるとしたら、それも悲惨なことではあるが。

だが、妙子は既に自我の芽生えていた一人の人間であった。義理の父は、妙子の人格を認めることはなかったと思う。

母

母とは、しんみりした話をしたことはない。母の子どもの頃の話は聞いたことがある。叔父さんが海軍の兵隊さんで、真っ白な軍服を着ていたとか、太平洋戦争の末期に地域の中心部が米軍の空襲を受けた時は、夜なのに東の空が真っ赤だったとか。だが、娘時代のこととか、結婚した頃、妙子の幼い頃の話は何も聞いたことはない。結婚相手の父が、あのような人であったから、日々の暮らしで手いっぱいで、そんな余裕はなかったのであろうか。

妙子に直接話されたことではないが、母が誰かに話していたこととして記憶にあるのは、悲惨な内容である。お金がなくてナスの漬物ばかり食べていたら、母乳が紫色になり妙子の頬も紫色になった。子ども達を連れて列車に飛び込もうとした時に、四歳の姉が「死ぬのは嫌だ」と言ったので思いとどまった。そんな話を聞いたのは、まだ学校にも行っていない幼い頃だったと思う。子どもの居るところで話すのもどうかと思うが、まだ妙子には理解出来ないと母は思っていたのだろうか。子どもにはわからないだろうと思ってする「大人の話」を、妙子は、よく聞いていた。真相を母に確かめてみたかった気もするのだが、母とは生涯に亘って、深刻な話はしなかった。それは、やはり、二人の父親のことが原因だと思う。

母は、義理の父とは、娘時代に知り合っていたらしい。定かではないのだが、義理の父の家が大きくて格上で、小さい農家の母の生家とは、つり合いがとれず結婚には至らなかった、という話を聞いたようにも思う。

父の酒乱や暴力がいつから始まったのか知らないが、ナスの漬物のこととか、鉄道飛び込み未遂の話からすると、妙子が生まれた頃には家にお金を入れなくなっていたのだろうか。妙子の幼い頃から、母は工場で働いていた。保育所に預けられていたころの記憶はあまりないのだが、保育所での運動会やお遊戯会のような写真が残っていた。幼稚園、小学校と、ずっと鍵っ子で、牛乳箱の中に鍵が入っていたのを覚えている。

母と義理の父は、人生のどこかで再会したのだと妙子は思っている。母の不幸な結婚生活を見かねて経済的に援助するということがあったのではないか。漠然と、誰かが車のダッシュボードからバナナを出してくれた、という微かな記憶があるのだが、あれは義理の父だったのかもしれない。妙子の思い出には、特に大好物というわけでもないのに、なぜかバナナが登場する。

母は、お金に困っているようなことを言っていたけれど、妙子はひもじい思いをしたこともないし、生活必需品に困るようなこともなかった。テレビも早くからあった。母が「一人で置いておくのは可哀そうだからテレビを買った」と誰かに話していた記憶がある。幼稚園の頃だったか、友達のお祖母さんが一緒にやって来て上がり込んでテレビに見入ってしまい、困ったことを覚えている。姉が、知らない人が家に上がり込んでいると言うのである。義理の父は、その頃から、母に援助をして妙子達の生活を支えていたのかもしれない。だから、後に、お父さんと呼びなさいと有無を言わさず家に入れたのだとしたら、辻褄は合う。

母は料理の下手な人だった。妙子が小学生の頃の給食は、今のようにバラエティに富んだ献立ではなかったが、普段母のごはんを食べていた妙子には、給食は美味しかった。家庭で美味しいものを食べていて給食を不味いと感じるのと、家のごはんがほどほどで給食が美味しいと感じるのとでは、どちらが幸せなのだろうか。当時の妙子は、母の料理が下手だなどとは思っていなかった。薄切りの牛肉を焼いて醤油をかけたものを料理というのかどうかは疑問だが。高校生になってお弁当になると、母はスーパーで買ったお惣菜なんかをそのまま入れることもあった。「あ、またこれだ、嫌いだから今度から入れないでと言おう」と昼休みには思っても、夕方になると忘れているので、繰り返されることになる。妙子は、弁当作りの本を買って、自分で作ったり、逆に母に作ってあげたりもした。母からは料理を教わったことはない。

小学生の頃の日曜日だったと思う。母は何か用があって出掛けると言う。妙子は、母に居てほしくて駄々をこねた。母は「これあげるから」と言って、妙子に百円札（まだ硬貨ではなかった）を押し付けて強引に外出した。妙子は母が恨めしくて、腹いせに百円札を真っ二つに引き裂いた。向こう見ずなことをしたものだ。お札を破いたことは母には言わず、しばらく隠し持っていたのだが、その後どうなったのだろう。覚えていない。母は、子どもを連れて行けないような所、例えば質屋などに行く時は、「ここで待っていなさい」と言って街角に妙子を残して行くようなことはあった。この時は、後の義理の父に会いに行ったのではなかろうか。

妙子が小学三年生の頃、二段ベッドで寝ていた。妙子が上段で、姉が下段だった。あの二段ベッドは、いつ買ったのだろう。以前は畳の部屋だったから、布団を並べて敷いていた。妙子達が欲しいと言ったのか、よく覚えていない。これも、義理の父の援助があったからではないか。ある夜、何者かが侵入してきて、姉を脅して「明日どこそこに来い」と言ったらしい。妙子は眠っていて全く気付かなかった。母が外出先から帰ってきた時、南側の掃き出し窓が開いているのを不審に思って、そこから家に入った。その時、反対側の玄関から侵入者は出て行ったらしい。警察にも連絡したが、翌日犯人は現れなかったそうだ。母は、子ども達を置いて何処に行っていたのか。その事件の後、姉はネグリジェのような、似合わない寝巻を買ってもらっていた。何か被害があったのか、留守中に怖い目に合わせた罪滅ぼしのようなものだったのか。母の夜の外出は、それ以前にもあったのか。以後はきちんと鍵を掛けて出掛けたのか。もちろん、小学生の妙子は、当時は全くそんなことに考えは及ばなかった。

妙子は、毎朝、母に髪の毛をゴムで括ってもらっていた時期があった。ほんの断片的な記憶なのだが、それが祖母の手によるものになっていて、子ども心にぎこちないな、と思ったことがある。母は、妙子達を置いて、しばらく何処かへ行っていたことがあるようだ。義理の父との行動ではなかったかと、妙子は思っている。

両親が離婚し、姉が父親に引き取られてからは、二段ベッドの上段を降ろして横に並べ、妙子と母が寝ていた。こんなことを覚えているのは、その頃、妙子が一人で家に居た時に訪ねて来た女の人に聞かれたからである。見知らぬ人だったけれど、「あのベッドは以前はなかったね」と言われたので、「以前は二段ベッドにしていました」と答えた記憶がある。玄関からでも見えたのである。ということは、その女の人は、以前にも妙子達の所に来ていたということになる。妙子は、その人は義理の父の妻ではなかったかと思っている。

母と義理の父は、両親が離婚する以前から、男女の関係であり、そしてそれは妻も既に気付いていたのであろう。もしかしたら、二人が会っていることがわかっていて、その留守をねらったのか、あるいは母自身に会いに来たのか。その後、両親が正式に離婚した後、アパートに引っ越して、しばらく経った頃だったと思う。今夜は家に居ない方がよい、誰かが訪ねて来るから、と母に言われ、いつもより長い時間、銭湯で過ごしたことがあった。その時の訪問者は、その妻であったのだろう。

何とか二人の仲を裂こうとしていた妻もあきらめたのだろうか。三人の間で何か話し合いがなされたのか。ただ、その人と母が強引に生活を始めたのか。どういう経過をたどったのか、妙子にはわからないが、いつの頃からか、二人の仲は妻公認となったようである。

妙子は、高校生の頃に、一度その妻と電話で話したことがある。平日だったが、妙子は代休か何かで家に居た。義理の父は、母を妙子の姉の所へ車で送って行ったため、出勤するのが遅れた。職場に来ないことを不審に思って、妻が妙子の所に電話を掛けてきたのである。妙子が「母を送って姉の所に行きましたけど」と言うと、妙子を母と勘違いしたらしく「わかっているんですから、ごまかさないでください」と言われた。「母は私の母です。姉は、この間結婚した私の姉です」と妙子はきっぱりと答えた。義理の父は、その夜、「妙子がしっかりと応対したことに驚いていた」と妻のことを話した。自分の育てた子を妻が褒めたことに満足げであった。あれは、どういう心境と言ったらよいのだろうか。

義理の父と暮らし始めて、まだそれほど経っていない時だったと思う。その時、父は居なかった。妙子は、なぜか気分がよく、鼻歌まじりにテレビ番組のテーマソングを歌っていた。母に「ずいぶん機嫌が良いね」と言われて、はっと気付いた。義理の父が不在だから、伸び伸びした気持ちで無防備だったということに。そして、なぜかそれを母に言ってはいけないと瞬間的に思ってしまった。何十年経っても、その時の歌は今でも歌えるほど覚えている。長年続いた番組というわけでもなく、誰もが知っているアニメソングでもないけれど。

自分の気持ちを隠さずに、「もう、あの人と一緒に居るのは嫌だ」と言えばよかったのか。そうすれば、その後の十数年に及ぶ辛い生活はなかったのだろうか。いや、母自身が、妙子の気持ちに気付いてくれるべきだったのではないか。自分が取り繕ったにも拘わらず、そんなことを思ってしまう。母が、もう少し気の回る人であったなら、娘の気持ちを汲み取ることが出来たのではないか。長い間、妙子はそう思ってきた。

違う。あの時自分の気持ちを言ってはいけないと思ったのは、母も、妙子からすれば義理の父の側にいたからである。妙子は、母も自分と同じように、ずっと義理の父の束縛や支配の被害者だと思っていたのだが、よくよく思い起こしてみれば、初期の頃はそうではなかった。母は、何とか妙子を義理の父に懐かせようとしていた。一緒に暮らし始めた頃は二間のアパートで妙子の部屋もなく、晩ご飯を食べた後も、寝るまでずっと一緒にテレビを見て過ごすという生活であった。もう小学校四、五年生なのに、一緒の布団で義理の父に抱かれて寝かされることもあった。そういうことも含めて、義理の父は嫌だった。でも、それを口に出しては言えなかった。

母が、何とか妙子と義理の父を仲良くさせようとしたのは間違いないと思う。初期の頃、妙子にとっては辛い毎日だったが、母は、それなりに幸せだったのだろうと、今となっては思う。酒乱でＤＶで生活費も入れない男と離婚出来て、籍を入れることはなかったが、たぶん好きだった人と一緒に暮らせるようになったのである。それなのに、娘は懐かない。実の父も、ほとんど家に居なかったし、父親らしいこともしてくれなかったから、好きではなかったと思う。父親なんだから仕方がないというか、これが自分の父親なんだと思っていた。だが、義理の父の場合は、突然赤の他人を連れて来られて、新しいお父さんと言われても、受け入れることは出来ない。

　内心を隠して、表面上は期待されるように振る舞うことは、まだその頃の妙子には出来なかった。嫌いだから、言動の端々に表れることになる。それが反抗と捉えられ、母と義理の父の二人して折檻されるようなこともあった。二人に、家から出て行け、と言われたこともある。どこにも行きようがないとわかっていて、よくもそんなことが言えるものだ、と泣きながら思った。

　妙子には、母以外に頼れる大人はいなかった。父方に祖父母はおらず、母方も祖母だけで、それほど頻繁に会うわけでもなく、内孫でもない妙子は祖母に特に可愛がられた記憶もなかった。祖母は、母の姉夫婦が県外に行く際に置いていった、妙子の従妹二人を我が子のように育てていた。妙子が小学三年生くらいの時、祖母と従妹の一人の三人で従妹の両親達が暮らしている所に行ったことがある。なぜ、そんな状況になったのか、細かいことは覚えていないが、鮮明に記憶に残っているのは、船に乗る時のことである。乗船名簿か何かを記入する時、祖母と従妹は「妙ちゃんは自分で書きなさいね」と言って、自分達は家族だからと二人で書くのである。従妹は、妙子より六歳も年上で中学三年生くらいだったと思う。祖母と孫二人の家族でよいではないか。同じ孫でも祖母からすれば従妹は特別で、妙子は疎外感のようなものを感じたのをはっきりと覚えている。

母しか頼る人はいないのに、母は少しも妙子の気持ちを察してくれなかった。そもそも母は、周囲の人の心情を推し量って理解しようとする能力に乏しい人であった。はっきり言って、人の気持ちというものが、わからない人であった。他人の、というわけではない。身近な、子どもや孫であっても、その気持ちを察することはしない、出来ないのである。それに気付いたのは、妙子が高校生の頃であったろうか。祖母が脳出血で倒れて半身不随となり、入院した。母はバスに乗って、よく見舞いに行っていた。妙子も時々一緒に行ったが、母はなぜか病室に着く早々、バタバタして「早く帰ろう」とか「帰らなくては」という言葉を発するのである。自分の母親なのだから、もう少ししんみりと話すことは出来ないものか、と妙子は不思議に思った。身体は不自由でも祖母の頭は、まだはっきりとしているのである。母は相手の気持ちを慮るということはなかった。

ずっと後のことであるが、苺の大好きな妙子の子が、友達に遠慮し、変なプライドもあったようで、苺のケーキを「要らない」と言ったことがある。母親である妙子には、子どもの気持ちが手に取るようにわかったのであるが、母は言葉通りに受け取って、「そう要らないのね」と応じてしまった。妙子は、唖然とした。普段一緒に居て世話をしているのに、孫の気持ちもわからないのかと思ったのである。こんな単純なこともわからないようでは、とても複雑に入り組んだ当時の妙子の心境などわからなくて当然だと思った。

また、母は、生活の中でちょっと何かを工夫したり、楽しみを見出したりすることのない、面白味のない人でもあった。以心伝心というようなところもなかった。その子が、初めて「いちご大福」を口にする時、妙子は、どんなに驚くかと固唾をのんで見守っていたのであるが、食べる寸前に母が「中に苺が入っているよ」と言った。サプライズでさぞかし驚くだろうと思っていたのに、どうしてばらすのよ、と言うと、それなら初めから言っておいてよ、と言う平板な人であった。

そして、今から思えば、母が周囲の人の気持ちを、もう少し理解出来る人間であったなら、母自身の生活も変わっていたのではないだろうか。実の父が酒とギャンブルを止めたとは思わないけれど、母の気の回らなさが、夫婦喧嘩に拍車をかけたのではないか。義理の父だって、もう少し上手に対応してくれていたなら、妙子があれほど苦労することはなかったのではないか。

母は、安易に口を滑らせて、義理の父を立腹させることもあった。妙子が欲しかった、刺繡の出来るミシンを月賦払いで買うことになった時、「頭金払ってないけど、担当の人が立て替えてくれたのかな」と母がぽろりと漏らした。すると、「よその男に金を出してもらったのか」と物凄い剣幕で怒り出した。妙子は、余計なことは言わずに黙っておけばよいのに、と思った。ミシンも色あせて見えた。

また、母は自分の意見や考えを持っていない人でもあったと思う。若い頃の妙子は、着ていく洋服に迷った時、どちらがよいかよく母に尋ねていた。母はいつも「さあどうかなあ」と言って、絶対に自分の考えは言わずに濁した。こんな時、普通なら、本人が良いと思っている方をそれとなく察知して―人の気持ちを推し量れない母には無理なことではあるが―、それを薦めるか、純粋に自分の好みで答えたらよいと思うのだが、母は決してどちらとも決めてくれなかった。そのうちに、妙子は母の考えを聞くのは止めた。自分で決めたらよいのである。重大なことはもちろん、細かいことであっても、母には相談しないで過ごしてきた。相談するだけ時間の無駄だと思った。

姉が、姑について愚痴をこぼすのは、よくあることだった。また言っているな、と妙子は思ったものである。暇のある母は、いつもよく聞いてあげていたとは思う。ある時、聞くに堪えないような姑の悪口を言い出したので、妙子は、さすがに母も少しは姉を諌めるであろう、と思った。ところが母は、一緒になって姉の姑を非難しているのである。それには呆れてしまった。つまり、母は、誰かがAと言えばA、Bと言えばB、ただ同調するだけなのである。自分に責任が及ぶような言質は避けた。

それならば、離婚した後、義理の父と暮らすことになったのも、母自身の意図したところではなかったのだろうか。義理の父の考えに従っただけなのか。今さら言ってみても始まらないが、もう少し子どもの気持ちや状況を考えてほしかったと、今さらながらに妙子は思う。

義理の父と別れる事態になった時も、妙子の知る限り、母は確たる意見は述べなかった。ただオロオロしていただけである。自分自身では大きな決断は出来ない、したくない、妙子がそうしたいのなら、それでいい、という感じであった。そして、母は、妙子にとって終生忘れることのない、許しがたい一言を発した。「妙子がいたから…」と。妙子がいたから、義理の父の横暴な支配や束縛を我慢してきた、と言うのである。妙子は義理の父との生活など全く望んでいなかった。勝手に連れてきて妙子を懐かせようとし、母にこの生活を強いられてきたのである。それなのに、いつのまにか妙子のせいにしている。母は狡いと思った。

だが、この時の気持ちは、その後の生活の変化にとり紛れて、深く追究することはなかった。母との関係について、妙子が思い悩むのは、もっとずっと後のことである。

妙子

妙子は、地元の大学を出て教師になった。高校一年生の時のホームルームの時間に、将来の希望について語った通りになっている。夢を実現した、というのは正確ではない。母の二度にわたる不幸な結婚生活を間近で見ていた妙子は、ずっと一人で生きていこうと思っていた。そのためには、安定した収入が得られて定年まで勤められるような職業、なおかつ、義理の父の支配下であっても実現可能な道でなければならなかった。その結果である。何十年も生きてきて、こういう方面に進みたかったな、と思うことはあるけれども、中学生、高校生の頃の妙子には、自由な将来を思い描くことなど出来なかったし、様々な選択の道は閉ざされていた。限られた世界でしか生きられなかったが、当時は、自分の世界が限られているという意識もなかった。

小学校一、二年生の時の担任の先生は、勉強することの楽しさ、授業に集中することの大切さを教えてくれた、すばらしい先生だったと思う。しかし、ひとつだけ嫌な思い出がある。妙子は運動が苦手で走るのが極端に遅い。体育の時間に、それたボールを追いかけていった妙子を見て、「あの遅いの見てごらん」と先生が言った、とクラスメートから聞かされた。妙子は全速力で走ったつもりだったのである。先生が妙子に直接話した訳ではないので、真偽のほどは定かではないが、何十年経っても覚えている。靴を履き替える下駄箱の前で言われた、ということも。この時は、先生も悪口を言うんだ、自分は好かれてないのかな、と思った。

両親の離婚で妙子の姓が変わったことをクラスで伝えた、小学四年生の時の担任の先生は、二十年ほど経って偶然お会いしたが、妙子の顔も名前も覚えてくれていて驚いた。五十代半ばくらいで、校長先生になっておられた。妙子の担任だった頃は、三十代前半ということになるが、妙子には四十代、五十代に見えていた。この先生が妙子と母に、転校しない方が良いと言ったので、妙子は小学四年の秋から中学校を卒業するまでバスで通学することになったのである。

五、六年生の担任の先生は、ユニークな先生であったが、一度だけ屈辱的な思いをしたことがある。当時、音楽だけは専門の先生による授業で、その音楽の授業中に担任の先生が、妙子ともう一人男子児童を呼びに来た。身体測定の日に二人が欠席していたので保健室で受けるように、というのである。二人が音楽室を出て行こうとした時に、突然担任の先生に硬い黒表紙の出席簿で頭の真上からパシッパシッとはたかれた。音楽の先生に挨拶をしないから、と言うのである。妙子からすれば、そんなこと教えてもらっていないし、そもそも先生が、あなたが呼びに来たんでしょう？　休憩時間になってからでもよいのに、と思った。叩かれて痛いというよりも、まあまあ優等生で通っていた妙子は、他のクラスメートに対して恥ずかしかった。

挨拶に関して言えば、後に姉が結婚した時、結婚相手のお祖母さんに引き合わせられた時、ペコリと頭を下げたら、母が「挨拶も何も出来なくて」と言ったのをよく覚えている。だったら、教えておいてよ、と思った。大人は勝手なことを言うなあ、いろいろと、これからは自分でよく考えて行動しなくては、と思ったのを覚えている。

中学生になった時、バス通学の学割の証明書に関して、担任の先生が手続きをしようとすると、校長先生が、それは認められないと強く拒絶した。その場には妙子もいた。今でこそいじめ等で転校することも可能だが、越境入学は、当時は認められていなかった。担任の先生は、教育委員会は認めているんですよ、と食い下がってくださったが駄目だった。母は住民票はそのままにして現住所だけ変更していたのだと思う。妙子自身を拒否されたとは思わなかったけれど、生徒としての妙子は、校長先生にとって存在してはならない、いないも同然なのだな、と思った。義理の父という強烈な存在がいたので、校長先生の言動に深く傷つくということもなかった。

教師という職業に夢や憧れを持って目指したのではなく、一つの、いや、一つしかない選択肢が教師だったのである。いびつな育ち方をした自分が教育に携わっていてよいのだろうか、自分は教師には向いていないのではないか、と思いながら、ずっと過ごしてきた。だからこそ、必死になって歯を食いしばって、勤めてきたという思いはある。そして、ふと周りを見回すと、教師の言動としてどうなのか、と思うような人は、けっこういたのである。もっとも、妙子の目からすれば、ということであるから、一概には言えないのだが。でも、妙子はそれでいいと思っている。世の中に様々な人がいるように、教師の世界も世の中の縮図であってよいのではないか。妙子自身は、様々な個性を持った先生から学ぶことが出来たと思っている。

幼い頃から、よく周囲を観察して大人の言動に敏感なところがあったと思う。だから、母の言葉もよく耳に残っているのであろう。保育所の頃、紙芝居か何かを見ている子ども達を横から撮った写真があった。皆が正面を向いている中で、妙子だけ横を向いてカメラを見つめている。カメラを構えていた人もさぞかし困ったであろう。妙子に言わせれば、気付かない皆の方が変なのである。また、母についてのいろいろなエピソードも、母から直接聞いたわけではない。母が誰かに話すのを、聞いていたように思う。母は、妙子の耳に届いていると は思わなかったのだろう。

幼稚園や小学校低学年の頃、鍵っ子の妙子は、午後は家で一人で過ごしていた。母はそれを可哀そうに思ったのか、いつも駄菓子のおやつが置いてあった。妙子は舐めるようにチビチビと少しずつ、毎日長い時間をかけて食べていた。

棒状のチョコレートは口紅のように唇に塗って、食べるというよりは遊んでいた。甘味に浸ることで寂しさを紛らわせていたのだろうと思う。甘いものをだらだらと食べ続けるのがよくないなどとは知る由もなかった。当然、乳歯は虫歯だらけ、当時は乳歯は虫歯になっていても大丈夫だと言われていたが、永久歯も気付いた時には虫歯になっていた。しかも、乳歯が抜けきらないうちに永久歯が生えてきた部分もあり、歯並びがとても悪く、乱杭歯である。

永久歯の虫歯がひどくなると当然痛む。母はどうしたか。ある薬を買ってきて、妙子の虫歯に塗ったり、脱脂綿に含ませて詰めたりした。とても苦い薬なので、唾を吐きたくなる。そのための洗面器も用意してくれた。何度も繰り返すうちに、妙子の虫歯は、痛まなくなったけれど、薬に浸食されて、洞穴のようになった。一時的に痛みを抑えるための薬を使い続けた結果である。

母は、はっきり言って、教養もなかったし、無知であったと思う。本など一冊も読んだことのないような人だった。教養はなくとも、知恵のある人はいるが、そういうところもなかった。外で自分のわからないことに接する度に、妙子に、「今のはどういうことなの」と聞いてくるので、度々恥ずかしい思いをしたものである。後から思えば、お菓子は置いてくれなくてよかったから、歯を守ってほしかった。幼い妙子は、母親が不在でも、お菓子があったから一人で過ごせたのだとは思うが。

小学生になって、歯の検診がある度に、保健室の先生から虫歯の状態を呆れたように指摘されるのが恥ずかしかった。小学生の時も歯医者さんに行ったことはあるのだが、根本的な治療はされなかった。当時は予約制でもなく、何十人もが延々と待っているような状態であった。中学生の時、自分自身これでは駄目だと思い、一人で歯科に通い抜歯してブリッジ治療をしてもらった。ただ、もう一か所は歯が斜めに生えているので、抜歯しただけである。その部分は咬み合わせも悪く、若い時から肩凝りがあるのは、そのせいではないかと思っている。

小学生の時、アパートに引っ越しするまでは、近所でも学校でも、それなりに友達はいたのである。でも、簡単に行き来出来なくなったし、家庭内のことに気を遣わざるを得なかったので、友達どころではなくなった。出掛ける約束をして、その時は一緒に行くつもりなのであるが、家に帰ると、行けるはずもないんだ、と約束を破ってしまうことになる。学校で居る時と家に帰ってからでは、思考が一八〇度変わってしまうのである。電話もなくて連絡のしようがないので、すっぽかしたことになってしまう。実際にそうなのであるが。目の前で、別の友達に「あの子来なかったのよ」と話すのを聞いたこともある。変な子だと思われていたはずだ。

自由に行動することが出来なかったし、自由に言葉を発することも、ためらうようになっていた。家庭内では、多少の口答えや言い過ぎは、普通は許容範囲であろう。それが、妙子には全く許されなかったのである。何か言われたり聞かれたりした時には、自分の気持ちを正直に伝えてわかってもらおうとするのが当たり前だと思っていたが、義理の父には通用しない。妙子は、しだいにその人の気に入るような言動を心がけるようになった。小学生の頃は、辛い日々が続いた。しかし、その中で生きていかねばならないのなら、日々平和に暮らせる方がいいと思い、しだいに、その人の意に添わないことはしないように、機嫌を損ねることは言わないようになっていた。

なぜ、そんな生活を耐え続けたのか。理由のひとつとして、妙子が見栄っ張りだったことが挙げられる。義理の父は、将来的に家を建てるようなことを言っていたのである。今から考えれば、きちんとした家があって、仕事上でも後継ぎがいる中で、あの吝嗇の人間がもう一軒家を新築するなど全くあり得ない話なのだが、まだ小学生の妙子は信じた。自分の部屋はこんなふうにしたいと思い描いたり、新聞の折込広告の家の間取り図を切り取ったりしたものである。

妙子は、借家やアパートに住んでいることを恥ずかしく思っていた。小学一、二年生の頃だったと思うが、担任の先生が、どんなに古い家でもきちんとお掃除していればよい、新しい家でも掃除が行き届いていなければ駄目だ、というようなことを言った。それは、整理整頓して掃除をするべきだという趣旨だったと思うのだが、妙子は、借家やアパートでも、と言ってほしいと真剣に願った。でも、先生はそういうことには全く触れなかったので、妙子は、幼心に自分の家でなければ駄目なんだと、しょんぼりした気持ちになった。自分の家というものが欲しかったのである。

だから、義理の父が家を建てるということを口にした時、実現すれば夢が叶うように思った。そのために日常の生活を我慢するより、その生活そのものを解消する方が、妙子にとってより重要であったはずなのだが、当時はそういうことは考えられなかった。家の新築を義理の父は度々口にしていたが、一向にそんな気配はなかった。一緒に暮らし始めて十年くらい経った頃、妙子の発案で、元住んでいた町に引っ越しした。その頃住んでいたのは大家さんが自分達が住むために風呂も付け、広い物件ではあったが、日当たりのよくない、学生アパートの一階に住むのは、もう嫌だったのである。その頃には、家の新築なんて幻だったともうわかっていた。

新しい住み家は、マンションと言ってよいのか、アパートなのか、中間ぐらいの物件であった。六階建てでエレベーターも付いていた。妙子は、大学生になっていた。住所変更を大学の担当の教官に伝えたところ、最後に「〇〇ビル」とあるのを見て、マンションなのかアパートなのか、と聞かれた。年配の先生だったが、やはり世間はそういう見方をするのかと思ったものだ。単純な疑問を口にしただけなのかもしれないが、持ち家コンプレックスのある妙子は、どんな所に住んでいるかで判断されるのだと思ってしまった。

妙子は、義理の父に対して瞬間的に殺意を覚えたこともある。この生活から逃れることが出来るなら、もう自分はどうなってもいい、母のことは知らない、と思った。殺してしまいたいと思うことと、それを実行に移すこととの間には、大きな隔たりがあると思うが、妙子がそれを踏みとどまったのは、既に姉が結婚していて、子どもがいたからである。甥達が、「あの子の叔母さん、殺人犯なのよ」と非難されるのは絶対に避けなければ、と思った。そんなことを思うくらいなら、何とかして逃れる方法を考え、強硬手段に訴えればよかったのでは、と今だからこそ言えるのであるが、あの頃は、とてもそんなふうには考えられなかった。この暮らしの中で生きるしかないのだと、思い込んでいた。

自分が死ぬ、自殺ということも考えなかった。死んでしまいたいと思うようなことはあったが、それを実行に移すことまでは考えなかった。今こんなに辛いのだから、将来はきっと幸せに暮らせるに違いないと、なぜか楽観的に思っていたようなふしがある。妙子は間違いなく何事も悲観的に考えるタイプなのであるが、そのことに関してだけは、そう思っていた。

「人生における幸福と不幸は同じ分量であると考え、幸せなことが続くとこれから不幸なことが起こるに違いない、と身構えた」という文章を読んだことがある。その言葉にすがりたかったのか、妙子は、幸福と不幸は同じ分量なのだ、となぜか思い込み、今これほど辛いのだから、将来は幸せが待っているのではないか、と思っていた。何の根拠もない考えだが、そうとでも思わなければ、辛い生活に耐えられなかったとも言えようか。

ずっと以前に、視聴者の電話による悩み相談に、有名な司会者が答えるというテレビ番組があった。ある時、買い物に行くとか友人と出掛けるとか、自分のしたいことが出来ないという妻からの相談があった。司会者は、「ご主人に、そうしたい、と言えばいいじゃないですか」と話していた。妙子には、全く見も知らぬこの妻の気持ちが、手に取るように理解出来た。夫は、妻が何か我慢しているなどとは露ほども思っていないのである。ましてや自分が妻の自由を奪っている支配者であるとも思っていない。妻が自分の要望を言い出さないのが夫婦の日常、夫からすれば妻は現在の生活に満足し要望などないのである。そんな関係の中では、あれをしたい、これをしたいなどとは全く言い出せないのである。この妻の気持ちは、司会者にも、多くの視聴者にもわからないだろうな、と妙子は思った。

　妻が突然離婚訴訟を起こし、夫の側からすれば寝耳に水という芸能人の夫婦が話題になったことがあった。妙子は、こう思う。妻は、夫の作る世界の中で生きることを強いられてきたのである。常に耐えて、自分が耐えていることにも気付いていない、そんな生活を長年送ってきたのである。夫は、妻が従順なのは当然だと思っている。自分の思い通りの妻であるべきだと思ってきたし、これからもそうだと思っている。だが、妻はしだいに気付き始める。夫のために生きて、自分自身を生きていないことに。本来の自分を取り戻す闘いを始める。単に夫と話し合うなんて生ぬるい方法では夫は一笑に付すだけである。そこで、妻は強硬手段に出た。

　小学生の時に連れ去られ、九年間監禁されていた女性が発見され救出されたという事件報道があった。世間の多くの人は「どうして早い段階で逃げ出さなかったのだろうか、その機会はあったのではないか」と考えたのではないか。妙子は思う。少女は恐怖と絶望の中で、この環境が今の自分の世界で、この中で生きるしかないのだ、生きていこうとしたのだと。しだいに順応していき、つごう九年も耐えてしまった。教育も受けられず、自由もなく、いや自分に自由がないという自覚もなく。救出されてからもたいへんだったと思う。本来の自分を取り戻せただろうか。社会に馴染めただろうか。

妙子は学校に通い、世の中のことも知っていたけれど、言わば軟禁されていたようなものである。家と学校を往復するだけ、ごく普通に友達と交流することも出来なかった。小学校、中学校、高校とそれぞれの時期に親しくなった人もいたが、学校で話すだけで、互いの家を行き来したり、休日に一緒に出掛けたりすることもなく、いや出来なかったので、今も連絡を取り合っているような人はいない。今、友人として交流があるのは、義理の父の束縛から逃れ自由に生きられるようになってから出会った人達である。ごく普通に幼い頃からの友達のいる人が心底羨ましい。小、中、高と学校で出会った人達と友情を育んで、ずっと交流を続けたかった。大人になってからでも、もちろん友人は出来たが、やはり幼い頃からの友人もほしかったと思う。

小学生の時だったか、少女漫画雑誌のページの端に「お友達になりましょう」と住所・氏名が掲載されて、何人かの人と文通をしていたことがある。が、それも続かなかった。義理の父が妙子のものを勝手に見たりするので、自由に手紙を書くこともままならなかった。

就職した姉から妙子宛に手紙が来たが、義理の父が開封して、こんなことを書いてある、と茶化した。妙子は返事を書かなかったので、その後やりとりすることもなかった。姉との関係は、ごく普通の姉妹とは異なっていると思う。小学四年生の時から離れて暮らしてきたので、心を許してやりとりするようなこともなく、遠い親類のような関係である。都会の大学に進学した高校時代の同級生も手紙をくれたが、妙子が返信しなかったので、それっきりになってしまった。

義理の父に気を遣って暮らしているうちに、機嫌よく居てもらうことが何よりも重要で、そのために日々努めるようになっていた。怒らせてから、その気持ちを宥めるのに苦労するよりは、義理の父の意に添う生活を送る方が楽だったのである。すると、その努めている状態が、義理の父にとっては当たり前ということになって、それを怠ることは許されなくなる。

そんな暮らしを続けているうちに、いつの間にか、気の利かない母よりも妙子の方が義理の父の意向をよく理解するようになっていた。母のミスをかばうようなこともあった。妙子は、母を庇護するようになっていた。母に代わって、義理の父の世話女房のような存在となり、精神的には、まるで既婚者のような生活をしていた。親子ではなく、横暴な夫とそれに耐える妻のような、いびつな関係であった。

最後に住んでいたアパートは、六階建てで戸数も多く、駐車場から建物まで少し距離がある。雨の日も傘を持たない義理の父が帰って来る頃を見計らって、傘をさして車まで迎えに行ったりした。そういうことをしていると、それが当たり前になってしまって、もっと尽くさなければならないようになってしまうことに、妙子は気付いていなかった。

義理の父と一緒にいたことは、妙子にとってマイナスな面だけではなかったことも触れなければならないと思う。義理の父は、時々、仲人をしていた。もちろん、その時は妙子の母ではなく、妻を伴うのである。知り合いが、挨拶が上手だと褒めてくれるのが嬉しいらしく、よく自慢していた。仲人として新郎新婦を紹介する挨拶の練習を、家でもしていて、何度も何度も聞かされた。実際、堂々としていて、いっぱしのものだった。妙子は、祖母に育てられていた従妹の結婚式に出たことがある。その時に、叔父が親族代表で挨拶したのだが、途中で言葉に詰まってしまった。挨拶というものは、きちんと考えて、出来ればば覚えておくべきだと、妙子は思って実践してきた。

また、義理の父は「字継ぎ」と言っていたが、漢字のしりとりをしていた記憶もある。漢字の、音読みでも訓読みでも、その読みで漢字のしりとりをするのである。それがきっかけで、妙子は漢字を調べたり言葉に興味を持ったりするようになったのかもしれない。

ただ、母と同様に、本を読むことはなかったと記憶している。時々読んでいる本をチェックされるようなこともあった。高校時代に、「愛の……」という有名な評論文を読んでいた時は、こんなものを読んで何を考えているんだ、とお門違いのお説教をされた。説明しても理解されないと思ったので、妙子は黙っていた。

妙子その後

　義理の父との、いざこざの最中に、教員の正式採用の通知を手にし、年が明けて四月から、妙子は、遠く離れた町の学校に赴任することとなった。新たに母と二人で住み始めた部屋は、メゾネットタイプで玄関入ってすぐが台所、奥の一部屋を母の部屋、階段を上って二階の一部屋を妙子の部屋にして暮らし始めた。元々、母子であまり話す習慣もなかったので、一階と二階で別々に生活しているような感じであった。妙子は新しい職場で新任教員としての仕事で忙しく、母もまた長年勤めていた工場を辞め、近くの知り合いの菓子製造業にパートで勤め始めた。そのあたりの経緯は全く聞いていない。義理の父とのいざこざで勤め先に迷惑をかけたことが関係しているのかもしれない。あるいは、厚生年金の加入期間が要件を満たしていたからかとも思う。いずれにしても、二人きりの生活になったからといって、これまでの関係が急に変わることもなく、互いのことを語り合うこともなかった。

　妙子が正規の教員として初めて勤めた学校は、なかなか指導の難しい生徒達がいて、最初は戸惑うことが多かった。いや、困ってしまうことも度々であった。まず、授業を聞いてくれない。授業を受ける態勢になっていない。しかも、小規模の学校なので、妙子は新任にして教科主任という立場で、相談出来る先輩教員もいなかった。だが、少しずつ慣れていくにしたがって、生徒への対処方法も自分なりに手探りながら進められるようになり、また、他の教科の先生方とも打ち解けることが出来、協力を得られるようになっていった。不思議なもので、生徒や教職員に馴染んでくると、ここでもっと勤めたいと思うようになった。当時は新任で三年間勤めると異動であったが、妙子は希望してもう一年勤めてから別の学校に転勤した。

　引っ込み思案で内向的、人前で話すのは苦手、消極的で、悲観的。思い込みが激しく、案外そそっかしいところもある。場合によっては、向こう見ずに大胆な行動に出てしまうこともある反面、いつまでもくよくよ思い悩んでしまう。こんな自分は、教師には向いていないのではないか、とは妙子がずっと思っていたことである。だから、最初の学校で苦労したのも、自分の性向が関係しているのかと考えたりもした。赴任して二、三年目だったと思う。男子生徒A君と授業中に口論となり、激昂した生徒に突き飛ばされてしまったことがある。その場は何とか持ちこたえたのであるが、職員室に帰ってから、悔しくて涙をボロボロこぼしてしまった。A君に突き飛ばされたことだけでなく、やり取りを見ていた別の生徒に「女のくせに偉そうにするからだ」と言われたことも悔しかった。まだ十五歳なのに、早くもこんな意識なのかとショックであった。もっとも、今ほど男女平等が浸透していたとは言えず、家庭科もまだ共修ではなく、女子だけの教科であった。

後に、A君の誤解から生じたことだと判明し、事なきをえたのであるが、これには後日談がある。転勤した学校で担任することになった生徒の中に、A君のクラスメートの弟がいた。兄の方はおとなしい印象だったが、弟は明るく陽気でよくしゃべりかけてきた。妙子が友人の弟の担任であることを知ったA君が、「あの先生は本当にいい先生だよ」と、その弟に言ったという。思いがけないA君の言葉は、とても嬉しかった。妙子は、自分のやり方は間違っていなかったのだ、こんな自分でも教師をしていてよいのだ、と安堵した。

義理の父の支配と束縛から逃れて、新しい生活を始めることが出来た妙子だったが、心身は不調であった。妙子は、車での遠距離通勤、慣れない大量の仕事、生徒との対応の難しさが原因だと思っていた。当時は、新任や若手教員は、命じられたら何でも二つ返事で引き受ける、という風潮だった。中堅になり、ベテランになっていくにつれ、ゆったりと仕事をしているように見えた。現在ほど教員の仕事が多岐にわたるということもなかった。ちなみに、妙子が中堅になった頃には、若手教員から、若い者ばかりに仕事を振るのは止めてほしい、どの世代も同じように校務を担うべきだ、という要望があり、様相は変わった。妙子達の年代は、ずっと頑張り続けなければならない世代であった。

言いようのない焦燥感や不安感があり、過食気味になったり、その頃流行っていたダイエットを繰り返したり、という日々を送っていた。母には相談できるはずもなく、社会人になってから出来た友人はいたが、悩みを打ち明けたりはしなかった。仕事上の問題なのだから自分自身で乗り越えなくてはならない、と思い込んでいた。

当時は全く思いもよらなかったのだが、義理の父の極端な支配の後遺症のようなものではなかったか。重石が取れて嬉しいはずなのに、それまでずっと抑えつけられていたことに慣れてしまっていて、激変した環境に精神がついていけなかったのではないか。

自由に何をしてもいいはずではあったが、妙子は特に羽目を外すということもなかった。ただ、何とも言えない不安感や焦燥感があったことは、よく覚えている。束縛からの解放は、あれほど望んだことであったが、それで、すべてが解決したわけではなかったのである。がんじがらめにされていたのに、急に広い空間に投げ出され、まわりには何もない。自分はどうしたらよいのだろう。十五年間も自由を奪われていた妙子は、嬉しい半面どう生きてよいのかわからなかったのだと思う。

誘拐されたり監禁されたりして自由を奪われていた人間が解放されたら、喜びとともに自由の有り難みをかみしめ、日常生活に元の生活に戻っていけるのではないか。感じた恐怖や苦痛はすぐに消え去るとは思えないが。だが、それが十年も十五年も続くと、どう元に戻れるというのか。元の生活ってどんな生活？　本来の自分って何？　ということであっただろうか。

成長期の妙子は、いびつな育ち方をしてきたと思う。義理の父との不合理な生活は誰も知らない。学歴コンプレックスならぬ家庭生活コンプレックスあるいは親子関係コンプレックスを抱えているのに、表面上は普通の家庭で育ったような顔をして生きていた。但し、このようなことを考えられるようになったのは、もっとずっと後のことである。

妙子は、母の二度に及ぶ不幸な結婚生活を間近で見ていたので、全く結婚願望はなく、ずっと働き続け一人で生きていこうと思っていた。しかし、人生とはわからないもので、縁あって三十一歳で結婚。相手の両親は既に他界していたので、子どもが生まれることになった時、自然な流れで妙子の母を頼るようになった。当時の家は狭かったので、最初の十年間は母に目と鼻の先のアパートに住んでもらい、食事も入浴も妙子達の家で済ませ、アパートには寝に帰るだけという生活だった。家を新築してからは同居し、一番日当たりのよい部屋を母の部屋にした。妙子は母を労り、気を遣って暮らしていた。ボーナスの時期には、お小遣いまであげていた。仕事に家事、育児と忙しく、余計なことを考える暇もなく、日々を過ごしていた。

近くに来てもらった時のアパート代は妙子夫婦が負担していた。光熱費や生活費も、母には一円も出してもらわなかった。一度母から、姉が家賃を半分出そうかと言っている、と聞いたことがあった。特に請求もしなかったので、それっきりになり、再び話が出ることはなかった。それを意識したのか、姉は、母に洋服を買ってあげたりしていた。母は「これ買ってくれた」とわざわざ見せるのである。だから、お小遣いをあげたりしていたのだが、考えてみれば、妙子は母の生活のすべての面倒をみているのである。それには全く感謝も示さない。食事もずっと妙子が用意している。母は、当然という顔で食べ、美味しかった、とも言わない。もう少し、娘といえども気を遣えばいいのに、と思った。母は、やはり母であった。

実母と同居している妙子は、よく羨ましがられた。家に帰ると、食事の支度は全部出来ていると思われるのである。実際には、母は料理が下手で、結婚して以来、調理や後片付けは妙子の担当であった。妙子が高熱を発して台所に立てない時も、母は、子ども達に何を食べさせたらよいかと、指示を仰ぐ。「お母さんに任せて、ゆっくり寝てなさい」とは決して言わない人であった。出産後で、まだ買い物に行けない時も、何を買ってきたらよいか、と尋ねられた。育休が明けて仕事に復帰してからは、保育所に迎えに行き、買い物をして、食事の支度と後片付け、帰りの遅い夫の食事の用意、と天手古舞いの忙しさであった。おまけに、夜には持ち帰った仕事が待っている。その間、母は、子どもの相手をして遊んでやって、一緒にお風呂に入る。母は孫達に囲まれて幸せだったと思う。

子どもの頃、自分の家が欲しくて義理の父の横暴に耐えてきた妙子には、それは叶わなかった。だが、皮肉なことに、母には一番日当たりの良い部屋を与え、孫達に囲まれる穏やかな暮らしを提供していた。

妙子が自分の気持ちの変化、いや、心の奥底にあった思いに気付くのは、長女が中学生になった頃である。「子を持って知る親の恩」というが、妙子は子どもを持つことによって、恩ならぬ母への恨みのような気持ちを抱くようになった。長女が友達と電話で話したり、休日に友達と行き来したり出掛けたりすると、自分のその頃を思い出さずにはいられなかった。私は、こんなことは出来なかった、させてもらえなかった、したいとも言い出せなかった。本来の恨むべき相手の義理の父は、もういない。代わりに、恨みは母へと向かう。母は何もしてくれなかった。妙子の思いを汲み取ってくれなかった。妙子が我が子を思うように、母が妙子を思ってくれたなら、と言っても甲斐のないことが頭の中をぐるぐる駆け巡る。いつしか、母の存在を疎ましく思うようになっていた。

そして、憎むべきものは、自分自身の中にあることにも気付かされてしまう。毛嫌いしてきた義理の父の言動を、妙子は自分の中に見ることがある。子どもを叱ったりするような時、気が付いたら、いつまでもくどくどと小言を言っていたりする。我が子には自分のような思いはさせるまい、と思っていたはずなのに、それをしてしまっている。頭の中ではわかっていても、感情的になると止められないのである。そういうパターンが身に沁みついているかのように。

自分がそうされたように、義理の父の真似をしてしまう、ということを、思い余って母に投げかけたことがある。母はあっけらかんと「そんな真似しなければいい」と言うだけで、妙子の思いは全く通じなかった。そうしたくないのに、なぜかしてしまう、という妙子の言わんとするところは、母には理解不能であった。やはり、母は母であった。

「親の背中を見て育つ」と言われるが、妙子は義理の父の背中を見て育ってきたのだろうか。あんなにも毛嫌いしてきた人間の言動を受け継いでいるなんて、胸が張り裂けそうであった。そして、高圧的な態度、支配的な態度も受け継いでいるのかと思うと、ぞっとする。そして、実際にそうなのである。長女が、妙子には言い出しにくかったのか、妙子の母にだけ言っているということも度々あった。妙子は、その時はもちろん気付いていない。後になって、時には何年も経ってから思い当たったこともある。それにつけても、母の気の回らなさを恨めしく思う。たとえ孫がお母さんには黙っていて、と言ったとしても、そこは上手に伝えてくれるのが祖母の役割だと思うのだが、母は言葉通りに受け取って、気を利かせるということはなかった。

妙子は教師としても、そういう一面があったのかもしれない。正規の教員となって五、六年目のことである。転勤した二校目で、一年生、二年生と担任を持ち上がったが、クラス数が多く引き続き担任した生徒は、数名であった。そのうちの女子生徒に「もっと自由がほしかった」と、泣きながら抗議されたことがある。どうやら、一年の時に他のクラスだった生徒から、もっと自由に伸び伸びと過ごしていた、と聞いたらしい。妙子に言わせれば、自由だったクラスは、落ち着きがなくルーズで授業もやりづらいことこの上なかった。もっと担任がきちんと指導すべきだ、と思っていた。自由に伸び伸びと、ではなく、無秩序で野放図なクラスだった。だから、その生徒の話も、当時は、何を言っているのかと一笑に付した。長年、思い出しもしなかった。

妙子は、生徒をがんじがらめにしたとは思わないが、窮屈な思いはさせたかもしれないという気はする。だが、授業はきちんと受けるべきだし、清掃等クラスでの様々な役割分担は責任を持って果たすべきだと考えていた。生徒の言う、自由なクラスの担任教師は、優しく人当たりのよい若い男性教師であったが、反面、生徒に舐められているようなところもあった。教師として当然の指導をしたまでだ、と思っているが、担任教師として、支配的だったのだろうか。こんなところにも、義理の父の影響が及んでいたのだろうか。
　また、妙子は、休日には子ども達を何処かへ連れて行ってやらなくては、とよく思った。一種の強迫観念だったような気がする。世間の人は、そんなことを特に意識しなくても子どもの成長につれて、自然と出掛けたりするのではないか。だが、ステイホームが基本の妙子は、敢えて行動を起こさなければならない、という感じなのであった。これも、当時は全く気付いていなかった。義理の父の呪いのようなものにまとわりつかれていた、というような気がする。何処かへ行くということでも、母に相談することはなかった。聞いても、「そうねえ」と言うだけで、自分の考えを話さないからである。やはり、自分の意見を持たない人であった。

　一緒に暮らしながら、母との関係はしだいに疎遠になっていった。それまでは、どこへ行くにも母と一緒であった。子どもは三人だったので、休日も仕事で留守がちな夫は頼りにならず、自然と母を伴うことになる。家族旅行も当然母は同行した。「今回はあなた達だけで行ってきたら」と言うようなことはなかった。妙子達家族の中心にいて当然という感じであった。妙子の夫に遠慮するというようなところもなかった。

妙子は、買い物や図書館に出掛ける時は、子ども達だけを連れて行くようになった。いつだったたか、姉の家に行く用があった時、妙子は一人で行くつもりでいたのだが、「自分の娘の所に行くのは当然でしょ」という感じで、母は勝手に車に乗り込んできた。それからは、妙子は、母には黙って出掛けるようにした。単純に母と一緒に居ることに耐えられなくなったのである。母は、子ども達には愚痴をこぼしたりしていたらしいが、妙子に直接何かを言うことはなかった。このあたりも、妙子にすれば、母の許しがたい部分である。変に孫に気を遣わせることはないのである。上の二人は何も妙子に言わなかった。末っ子が、ぽろりと一、二度言っただけである。母子の確執を、敢えて孫に知らせることはないのである。まあ、母には、妙子の思いが全く理解出来ないのだから、適切な言動を望むのは無理なことではあるが。

義理の父と暮らしていた時も、母娘二人の生活になった時も感じなかった、母に対する嫌悪の気持ちが生じているのを、妙子は自覚せざるを得なかった。母の何もかもが嫌になった。義理の父と一緒の時は、その抑圧に耐えるので精一杯、その後の母と二人の時は、仕事に懸命で手一杯、結婚して子どもが出来てからは、仕事、家事、子育てで自分を顧りみる余裕はなかった。子どもが成長し、時間に余裕が出てくるようになると、それまでの母との生活を振り返って自分の感情を持て余しては溜息をついた。

思えば、育休中に母と二人で居る時も、妙子は精神的に不安定であった。その時は、初めての育児の大変さ、とか、まだ体調が十分ではないことに理由づけていた。だが、その頃から、母に対する違和感や不満のようなものが兆していたのかもしれない。母は、大きなことについては決定することはないのだが、小さなことはいろいろと要求してきた。頼んでいるようでいて、後から考えると命令なのである。妙子は、長年の義理の父との生活で身についたのか、何か言われたら、その通りにしてしまう。聞き流すということが出来ないのである。細かいことである。例えば、掃除機をかけるとか洗濯機を回すとか、妙子が自分のタイミングでやりたいと思っているのに、なぜか急かしてくる。

その反面、「お母さんに任せなさい」と言ってくれる人ではなかった。そう、妙子は母にそう言ってほしかったのだ。無条件に頼れる存在であってほしかったのだ。精神的に寄りかかれる母でいてほしかった。だが、成長過程の中で互いの気持ちを伝え合う習慣のなかった母娘では、そんなことは望むべくもないことであった。義理の父の支配の中で、いびつな母娘の関係を続けてきた二人は、やはりねじれた関係のままなのである。棘がとれたからといって、棘の刺さっていたことをなかったことには出来ない。ましてや、その期間が長ければ、棘の刺さっていた時の影響は長く残り、記憶は消し去ることはできない。

母が自分に任せろと言うことがないのは、責任をとりたくないからだと思っている。妙子の長男が高熱を発して熱性けいれんを起こし、救急車に来てもらったことがある。その時妙子も高熱でふらふらする状態だったので、母に付き添ってくれと頼んだが、「親が付いていてやらなきゃ」と拒否された。母は、まだ五十代であった。妙子としては、救急隊員や医師に診てもらえることで子どもは大丈夫だ、後は事務的なことだけだろうと思ったのである。気力をふり絞って救急車に乗り込み、サイレンの音を聞きながら病院に向かった時のことは未だに覚えている。

また母は、妙子が体調を崩すと、競い合うかのように自分も腰痛を起こしたりして、寝込んでしまうのである。まるで妙子の介抱や世話はしたくないと言わんばかりに。偶然と言えば偶然なのだろうけれども、妙子にはそう思えなかった。とにかく、母には頼れなかった。忙しい学校に赴任して帰宅が八時九時になっても、母の使った食器は流し台の中に洗われずにそのまま残っていた。もっと協力を求めればよかったのかもしれないが、そうしないまま一人で頑張った。勝手な言い分かもしれないが、母の方から言い出してほしかったのである。気を利かすことの出来ない母に、そんなことを望んでも無理なことはわかっていたのではあるが。

そのうちに、何を言っても、口を開けば口論になってしまう。こんなことなら、話さなければよかった、と思っても、一つ家で暮らしているのである。そうもいかない。だが、顔を合わせれば口喧嘩、となると、存在を無視したくなる。いつしか、本当に、気の合わない母子になっていた。考えてみれば無理もない。母は常に妙子の傍にいなかった。幼い頃から、母に優しく接してもらった、可愛がられたという記憶はほとんどないのである。実父との悲惨とも言える生活の中で、母も気の毒であったと思う。そして、その後の、義理の父との支配と束縛の生活では、母子でショッピングするなど楽しく過ごすようなことはなかった。母子関係の素地のない中で、通常通りの母子でいようというのは無理なのである。

ずっと一緒に暮らしてきたが、気が付けば全く心の通い合わない母娘になっていた。母との間で深い話は全くと言っていいほどしたことはない。母が話すのは噂話か他人の悪口なので、妙子は聞いていられない。また、そんな話かと思ってしまう。嫁姑問題で悩んでいる人からすれば贅沢な悩みかもしれないが、母とは離れて暮らすべきだったのかとも思う。離れていれば、もう少し優しく出来たのかもしれない。母といると、昔を思い出してしまうし、かといってそのことを一緒に嘆くことも出来ないのである。第二反抗期を極端に抑えつけられ、自分でも押し殺してきた妙子は、大人になり子の親になった段階で、かつての自分を取り戻すかのように、母に反抗していたのかもしれない。

母は、今年度で妙子が定年退職という年の夏に体調が悪くなり、検査の結果すい臓癌と診断され、年内どころか、月単位の余命と宣告された。妙子は、来年であったら時間が取れるのに、意図したことではないにせよ、発病の時期さえいかにも母らしいと思った。癌と診断されたら即入院と思っていたが、緊急性はないと当面は家で過ごすことになった。が、やはり身体は蝕まれていて、二週間ほどして母が辛さを訴え入院したいと言い出した。母は、一緒に癌の告知を受けたにも拘わらず、医者が手術も出来ない、抗がん剤や放射線治療も無理だと言ったのを、しなくてよいのだ、と思い込み、ケアマネジャーには癌の疑いがあると話していたようだ。だから入院も一時的なものと考えていたふしがある。仕事帰りに病院に通う日々の中でも、母とはあまり話らしい話もしなかった。ある日、「もう家には帰れないな」と言って、入院中も抱え込むように持っていたバッグを手放した。この時に自分の命の長くないことを悟ったのだと思う。

母の命は、後少しで確実に終わりを迎える。今、ここで言い出さなければもう二度と話す機会はないのだと思いながらも、妙子は思い留まった。母に譫妄《せんもう》が出ていたこともある。

日々身体が衰弱していくのに、精神的に追い込むことは、さすがに出来なかった。それに、昔のことはもう覚えておらず、無反応を示されることも怖かった。そのうちに、モルヒネを投与されるようになり、あまり意識のないような状態になってしまった。

入院一カ月足らずで、母の命は尽きた。それほど悲しいとも辛いとも思わなかった。正直に言えば、愛せない母親の介護を免れたことに安堵したくらいである。我ながら、冷たい人間だと思う。母なりによかれと思ってしてくれたこともあったと思うが、もっと無条件に愛されたかったと思う。母とは、もっと何気ない会話を交わし、思い出話に花を咲かせられるような日々を過ごしたかった。その死を嘆き悲しむことの出来る娘でありたかったと思う。

エピローグ

虐待事件の報道に接する度に、妙子は何とも言いようのない気持ちになる。心が重く沈んでいくような、不安と嫌悪の入り混じった嫌な気分である。他人事とは思えない。自分も、報道される側であったかもしれない、虐待死も、自分に起こり得たことかもしれない、と考えてしまう。

つい最近、妙子は地方紙で「自分を責めて生き方に悩む」という投書を読んだ。「六歳から虐待され、まともに教育を受けられず、我慢するか泣くしかなかった。大人になって性格が問題にされ、苦しみ、自分を追い詰めた。今、虐待のことを話しても、もう忘れて楽しいことを考えればいいと言われる。自分が変わって明るく生きるしかないのか。今の年齢で変われるとしたら、とまた自分を追い詰めてしまう。」という内容であった。投書者は、ほぼ妙子と同年齢であった。

妙子には、この投書者の気持ちが痛いほどよくわかる。忘れることは出来ないし、忘れたつもりでいても、やはりどこかに残っているのである。楽しいことなんてなかったのに、どうして考えられるか。どうやって明るく生きろというのか。

十日ほどして、「勇気を出して投稿してくださり、ありがとう」というアンサー投稿があった。「苦しみを吐き出すことで第一歩を踏み出したのだから、あなたは、きっと幸せになれる」というものであった。そうだろうか、と妙子は思う。最初の投稿者は、周囲に話せる人もいないから、投稿したのではないか。そして、さらに投稿が続いた。二番目は、いじめられた過去のトラウマに悩む人、三番目は「自分自身に感謝し、自分を愛し他者にも思いやりを」という内容であった。自分を愛したり、肯定したり出来ないから、悩んでいるのである。虐待の苦しみは、受けた者にしかわからないものなのか。

一カ月後、さらに反響があった。やはり、小学生の頃いじめられた人は「自分を問い続ける、ありのままのあなたで良いのでは」と言う。振り出しに戻ったような気がする。誰しも自分の体験からの尺度で判断するしかないから、他者の気持ちを本当に理解することの難しさを改めて思う。

虐待やいじめは尽きることはないのか。それと気付くことなく、意識することなく、精神的に虐げられている人もいるのではないか。表面には出ないが、心を痛めつけられ悲惨な状態で生きている人、支配され束縛されて生きている人もいるのではないか、と思ってしまう。


妙子は、不機嫌な人が苦手である。怖いとさえ思う。義理の父が、何も言うことなく、不機嫌な態度を取ることによって、自分の意思を示すという人であったからなのか、とも思う。職場でも、何か喋って気まずい雰囲気を和らげなければ、と必要以上に思ってしまう。そして、声を掛けて、素っ気なくされ、傷つく。何度も繰り返し、ああ、この人は、常にこうなんだ、妙子の存在が不機嫌にさせているのではないのだ、とやっと気付く。

現在の親しい友人からは、「何処へ行っても何を見ても、あまり感動しない」と言われたことがある。思ったことをすぐ口にすると、言葉尻をとらえられて、義理の父から問い詰められ追い詰められていた経験から、いつのまにか自分の感情を表に出さないようになっていたのだろうか。

親子で心の交流がある場面や、「父の子どもでよかった」というような言葉を小説やエッセイで読む度に、心がざわざわっとした。自分には与えられなかったもの、自分の全く知らない世界、それを経験していない自分は、人間としてまともなのだろうかという思いにさせられる。今は、そういう言葉を発せる人を、心の底から羨ましいと思う。親に愛されている、愛されたと思い、親を愛することの出来る人間でありたかった。

毎年のように、豪雨や地震などの災害は起こっている。災害や事件、事故で被害に遭われた方々には、それぞれ家族がいたはずである。大切な家族を亡くされ、嘆き悲しむ姿は、本当に痛ましく、心からお気の毒と思う。しかし、親を愛せなかった妙子は、そのように愛せる父や母、祖父母を、家族を持たれていたことを羨ましいと思うのである。父母の死に際して、心から悼むことは出来なかった。親の死を何とも思わないとは、なんと冷酷な人間なのかとも思うが、その死を悼めるような親であってほしかったと思うのは、やはり贅沢なことなのだろうか。

そして、妙子は思う。その死に際して、悲しみながらも、あの親から、夫から、妻から、解放されて、ほっとしたという人もいるに違いない、と。こんな考えは、やはり異常なことだろうか。いや、相手の死によって解放された人は、逆に、その死を悼めるようになるのかもしれない。日常生活の中では、楽しいこともあったはずで、思い出したくない負の部分は薄れていくのかもしれない。妙子自身、母に対する気持ちは、生前のどうしようもない恨みのような部分は、日々薄れつつあるような気がする。

死とは、全くの無の世界なのだろうか。それとも、やはり、あの世というものがあって、先に亡くなった人達がいるのだろうか。それならば、自分が死んだ時には、既に亡くなっている懐かしい人々に逢えることを楽しみにしている人もいるのではないか。でも、妙子は、二人の父親には決して逢いたくない。それぞれに、妙子の知らない事情や言い分はあるのかもしれないが、改心して謝ってくれるとも思われないし、また痛めつけられるのは金輪際イヤである。ただ、どういう気持ちで妙子に接し、あのような仕打ちに及んだのか、間接的に問い質してみたいという思いはある。

母には、どうしてもっと妙子の気持ちに気付いてくれなかったのか、あの十五年間をどのような思いで過ごしていたのか、ということを尋ねてみたい。死の直前の入院中には、どうしても言い出せなかったことである。おそらく、母は答えられないと思う。だが、妙子は自分の思いを、ずっと耐え続けていたことを、理解されなくてもぶつけてみたい。その後で、母には、晩年に冷たく接したことを謝らなければならない、と思っている。

著者プロフィール

北村 柚子（きたむら ゆうこ）

1958年生まれ。
地方在住。

ステイホームから逃れて

2025年1月15日　初版第1刷発行

著　者　北村 柚子
発行者　瓜谷 綱延
発行所　株式会社文芸社
〒160-0022　東京都新宿区新宿1－10－1
電話　03-5369-3060（代表）
03-5369-2299（販売）

印　刷　株式会社文芸社
製本所　株式会社MOTOMURA

ISBN978-4-286-25840-9